蓝星诗库·典藏版

欧阳江河
的诗

欧阳江河 著

POEMS OF
OU YANG JIANG HE

人民文学出版社

图书在版编目（CIP）数据

欧阳江河的诗/欧阳江河著.—北京：人民文学出版社，2023
（蓝星诗库：典藏版）
ISBN 978-7-02-017791-2

Ⅰ.①欧… Ⅱ.①欧… Ⅲ.①诗集—中国—当代 Ⅳ.①I227

中国国家版本馆CIP数据核字（2023）第027461号

责任编辑　薛子俊　李义洲
装帧设计　陶　雷
责任印制　张　娜

出版发行　人民文学出版社
社　　址　北京市朝内大街166号
邮政编码　100705

印　　刷　北京汇林印务有限公司
经　　销　全国新华书店等

字　　数　131千字
开　　本　880毫米×1230毫米　1/32
印　　张　12.25　插页2
印　　数　1—5000
版　　次　2023年5月北京第1版
印　　次　2023年5月第1次印刷

书　　号　978-7-02-017791-2
定　　价　66.00元

如有印装质量问题，请与本社图书销售中心调换。电话：010-65233595

欧阳江河
1956 —

原名江河，1956年生于四川省泸州市。1979年开始发表诗歌作品，1985年后以"欧阳江河"的笔名发表作品。1993年起，多次应邀赴各国访问、讲学。1997年秋返回国内，定居北京。《今天》文学社社长，北京师范大学终身特聘教授。著有《谁去谁留》《如此博学的饥饿》《大是大非》《删述之余》等十五部诗集，以及文论集、音乐随笔集等。作品被译为英、法、德、西、阿等多种文字出版。曾获华语文学传媒大奖年度诗人及年度杰出作家奖、十月文学奖、丁玲文学奖、英国剑桥大学诗歌银叶奖等。

出 版 说 明

新诗百年,现代汉语诗歌的面貌已经焕然一新。为繁荣社会主义文化,自1998年起,人民文学出版社推出"蓝星诗库"丛书,致力于彰显当代中国诗歌所取得的成就和具备的广阔可能。"蓝星"取自于天文学概念"蓝巨星",这是恒星演变过程中的一个活跃阶段;丛书收录1960年代以来中国诗坛各个时期具有启发性、创造性、影响力的重要诗人及其代表作品。

"蓝星诗库"丛书问世以来,在同类图书中一直保有较高的口碑和市场业绩,且业已成为诗界的品牌出版物。2012年,我们优中选精,推出了"蓝星诗库金版"丛书;2023年是"蓝星诗库"丛书出版二十五周年,为回报作者和广大读者,我们决定推出"蓝星诗库·典藏版"丛书,对既往出版诗集进行一次全面梳理,并以新的图书形态奉献给读者。

有几点情况需要说明:一、此次新版,考虑到"蓝星诗库"丛书出版时间跨度的问题,并充分尊重作者意愿,对旧版诗集进行了不同程度的修订;综合图书版权等因素,部分诗集我们留待将来出版。二、"蓝星诗库·典藏版"将秉持"蓝星诗库"丛书一贯的遴选标准，严守门槛，开放出版，持续推出当代诗歌精品。

感谢诗人及其家属的信任，感谢广大读者朋友的厚爱，让我们共同努力，为推动当代中国诗歌的繁荣贡献自己的力量。

人民文学出版社编辑部

目 录

天鹅之死　　　　　　　　　　001

阳光中的苹果树　　　　　　　002

手枪　　　　　　　　　　　　004

放学的女孩　　　　　　　　　006

我们　　　　　　　　　　　　008

整个天空都是海水　　　　　　011

公开的独白　　　　　　　　　012

纸秋天　　　　　　　　　　　014

汉英之间　　　　　　　　　　016

玻璃工厂　　　　　　　　　　020

冷血的秋天　　　　　　　　　024

一夜肖邦　　　　　　　　　　026

最后的幻象（组诗）　　　　　028

遗忘　　　　　　　　　　　　043

寂静　　　　　　　　　　　　045

墨水瓶　　　　　　　　　　　046

星期日的钥匙　　　　　　　　048

空中小站	050
茨维塔耶娃	052
计划经济时代的爱情	053
晚餐	055
电梯中	057
另一个夏天	059
关于市场经济的虚构笔记	062
雪	069
纸币、硬币	081
哈姆雷特	088
去雅典的鞋子	090
风筝火鸟	092
感恩节	094
歌剧	099
我们的睡眠，我们的饥饿	101
国际航班	108
谁去谁留	112
时装街	114
毕加索画牛	118
一分钟，天人老矣	120
舒伯特	123
53岁生日	126

母亲，厨房	133
痒的平均律	135
梦见老虎	140
万古销愁	144
江南引	147
茶事2011	151
苏小小	155
凤凰	158
黄山谷的豹	177
老虎作为成人礼	189
苏堤春晓	198
798	202
龙年岁首	206
念及肥肉	210
暗想薇依	212
纸房子	215
一半之半	218
读北宋诗	222
致鲁米	224
早起，血糖偏高	227
抽烟人的书	230
老男孩之歌	234

大是大非	240
八大山人画鱼	249
中国造英语	252
老相册	261
在雅典	263
开耳	265
字非心象	267
霍金花园	269
宿墨与量子男孩	271
汨罗屈子祠	295
阿多尼斯来了	297
埃及行星	302
蔡伦井	319
博尔赫斯的老虎	324
种子影院	329
清明低语	339
老青岛	342
之间咖啡	344
帽子花园	347
苏武牧羊	349
海上得丘	354
圣僧八思巴	364
待在古层	376

天鹅之死

天鹅之死是一段水的渴意
嗜血的姿势流出海伦
天鹅之死是不见舞者的舞蹈
于不变的万变中天意自成

或仅是一种自忘在众物之外
一个影子摇晃一座空城
使六面来风受困于幽谷
使开过两次的情窦披露隔夜之冷

谁升起,谁就是暴君
战争的形象在肉体中逃遁
抚摸呈现别的裸体
——丽达去向不明

1983.9.6 于成都

阳光中的苹果树

我不想窥视穿透了幻觉的骨肉，
让黑色的果子烧焦上午，
切开之前，十分钟的落叶。
我走了，但好像没走开一样。

寂静，一棵远树，更远的阳光。
仅有影子的人儿到水里去了，
手臂的波浪动摇着夏天。
日子猛烈而倾斜。

成熟从话语的结束开始，
直到干涸的嘴唇进入果实，
一夜之间，全部掉下。
活着，醒着，黯然神往。

遍地无风的白天和温柔。
皮肤行走于七月流火，

但灵魂并不热烈。

在骨子里世界什么也不是。

从中切开，记忆的侧面。

童年就是距离和空想。

我们跳起，或爬上众树，

那时所有的水果都高不可及。

二十年的悬挂，我仰起了头。

没有什么比看到水的火焰，

并将不可逾越的刀锋置于其内，

更美丽，更寒冷。

1985.6 成都

手　枪

手枪可以拆开

拆作两件不相关的东西

一件是手，一件是枪

枪变长可以成为一个党

手涂黑可以成为另一个党

而东西本身可以再拆

直到成为相反的向度

世界在无穷的拆字法中分离

人用一只眼睛寻求爱情

另一只眼睛压进枪膛

子弹眉来眼去

鼻子对准敌人的客厅

政治向左倾斜

一个人朝东方开枪

另一个人在西方倒下

黑手党戴上白手套

长枪党改用短枪

永远的维纳斯站在石头里

她的手拒绝了人类

从她的胸脯拉出两只抽屉

里面有两粒子弹,一枝枪

要扣响时成为玩具

谋杀,一次哑火

1985.11

放学的女孩

局部的下午,一段街道正破裂
受波及的学校翻出肚腹
像鱼儿倾吐着鱼卵和泡沫
水多,但空气不够

如何看待那些放学的,数不清的女孩
阳光下面触目的一片
她们在家长的错视里走了样
一副集体的面容没法辨认
连肩的灯笼的袖子
左和右
双手合拢自圆其说

她们生来是自己的女儿
恰当的年龄不需要登记
她们向父亲撒娇
从品德内部发出高高的笑声

母亲的失败反映在脸上

生理布满乌云

一小时的,织成毛衣的阴天

过渡到散漫的无纪律的打扮

她们相同而起着变化的名字

散布在鸟群的连成一片的叫声里

她们把常识变成错觉

变成只照见老年的奇怪镜子

她们每天放学都要路过人生

她们随便地买东西

向国家要钱

用旋转的铅笔刀把大人削小

她们这样玩着,一年长大一天

　　　　　　　　　　1986.4.2 于成都

我　们
——《乌托邦》第一章

  他挥动屠刀，我们人头落地。

  没有他的刀，我们不会长出头颅。

人头中一些嘴唇挂在树上，

被风吹着长大，长到第七天，

奇怪的叶子变成肺，

水在中央感到肉体的围拢，

月亮从里面流了出来。

古代的夜晚微微卷起。

我们活着，如一群幽灵手舞足蹈，

表现他天才的空想。

  他渴了，树上的果子纷纷坠落，

  他饿了，地里的小麦立即成熟。

我们丢了头，枯麦秸的腰捆在一起，

他的血制止了伤痛。

我们穿越镜子回家，镜中有女人，

她们举一反三，身体搓为绳索。

头发的黑色从梳子流走，

物质回头一片白，

酒回到粮食，秋天，空的杯盏。

一个秋天之后有许多个秋天，

我们肩上，头在离去。

  他的头经过众多人体到达狮子，

  他的预言穿行其间不置一词。

众词向心，心向无起源的歧义。

他对此涂一片鸦，写一树枯枝，

寥寥数笔天气便冷了下来。

他嚣张的器官却把我们引向春天，

引向抒情，生殖，现代图腾，

使我们的性别浓荫蔽日。

最初不见光，他说有光就有了光。

然后有了马，他又说白马不是马。

  他说过一遍的话我们一再重复，

  他公开的器官被我们集体借用。

我们在他脸上安排眉眼的位置，

用他的手抚摸，挑起，伸向别的。

他不来，女子三千终生不孕。

幽会营养不足，空出子宫

像隔壁房间无人居住，

门敲开一次就变成装饰，

年龄在一幅肖像中被忘掉。

他病了，世界白得像一座医院，

　　他睡了，到处的夜晚不敢开灯。

整个白昼我们足不出户，

闭门无事，遁形莲花自开自落。

而他睁大的眼睛镶满四壁，

让玻璃进入空气

比光更神秘地向影子出发。

大地没他的影子，天上不会有太阳。

他唯一的影子面对唯一的太阳，

一时弓箭齐发，射落多神的九个。

　　他摊开地图，方圆千里空无人烟，

　　他颁布战争，一个国家草木皆兵。

我们当行未行，姿势静如植物，

根部以下埋进土地。

千里之外，他一走动就踩着我们，

我们躺下如纪律或台阶，

一级级升向他历代的王位。

他度过百年使之短暂如一瞬，

他生生灭灭在每日每时。

　　他年轻时，我们的祖先不敢老去

　　当他老了，我们的儿子不敢降生。

1986.5 于成都

整个天空都是海水

海洋是晴空,陆地是阴天

层层气候裹住万物

乌云和小麦在面包中翻滚

我们耕耘肉体,收获灵魂

把玉米一直种植到大海边

斥退丰收,让海浪汹涌

让海的深蓝色覆盖月色

让新月的嘴唇永远闭上

它刚刚还在诉说一颗无边跳动的心

而在月圆时,在一天的百年里

我们世世代代的眼睛噙满热泪

从一只鸟的遗骸看见盛大的鱼群

整个天空都是海水

1986.9.7 秦皇岛

公开的独白
——悼念埃兹拉·庞德

我死了,你们还活着。

你们不认识我就像从不认识世界。

我的遗容变作不朽的面具

迫使你们彼此相似

没有自己,也没有他人。

我祝福过的每一颗苹果

都长成秋天、结出更多的苹果

和饥饿。你们看见的每一只飞鸟都是我的灵魂。

我布下的阴影比一切光明更肯定。

我最终的葬身之地是书卷。

那儿,你们的生命

就像多余的词被轻轻删去。

上帝如此简单,只需简单地说出,

     然后忘掉。

所有的眼睛只为一瞥睁开。

没有我的歌,你们不会有嘴唇。

但你们唱过并将继续传唱的

只是无边的寂静,不是歌。

      1986.10.3 于重庆

纸 秋 天

秋天和月亮来到纸上。
分手的人们相见如初,
重新迷恋日出时的理想,
日落时散步,叹息天空的深邃。

这是一个正在结束的秋天,
但在开始之前,有更远的开始
通向一个尚未开始的纪念。
那儿,墨水被秋风写遍。

而我微笑着,吹去眼中之灰烬,
以一本书的速度阅读暗物质,
快到天明时,停住,回眸
白夜和沥青夺眶而下。

未来因古代而灿烂,
城市从肉体流向笔端。

但在乡村，在今天的去年
婴孩和果实不停地掉落。

种子无声，随意挥洒，
星空像旷野一样有人走动。
尽管秋色吹起了千里外的笛子，
我还是听不见光，寂静，或逝者。

1986.10.16 于成都

汉英之间

我居住在汉字的块垒里,

在这些和那些形象的顾盼之间。

它们孤立而贯穿,肢体摇晃不定,

节奏单一如连续的枪。

一片响声之后,汉字变得简单。

掉下了一些胳膊,腿,眼睛。

但语言依然在行走,伸出,以及看见。

那样一种神秘养育了饥饿。

并且,省下很多好吃的日子,

让我和同一种族的人分食,挑剔。

在本地口音中,在团结如一个晶体的方言

在古代和现代汉语的混为一谈中,

我的嘴唇像是圆形废墟,

牙齿陷入空旷

没碰到一根骨头。

如此风景,如此肉,汉语盛宴天下。

我吃完我那份日子,又吃古人的,直到

一天傍晚，我去英语角散步，看见

一群中国人围住一个美国佬，我猜他们

想迁居到英语里面。但英语在中国没有领地。

它只是一门课，一种会话方式，电视节目，

大学的一个系，考试和纸。

在纸上我感到中国人和铅笔的酷似。

轻描淡写，磨损橡皮的一生。

经历了太多的墨水，眼镜，打字机

以及铅的沉重之后，

英语已经轻松自如，卷起在中国的一角。

它使我们习惯了缩写和外交辞令，

还有西餐，刀叉，阿司匹林。

这样的变化不涉及鼻子

和皮肤，像每天早晨的牙刷

英语在牙齿上走着，使汉语变白。

从前吃书吃死人，因此

我天天刷牙，这关系到水，卫生和比较。

由此产生了口感，滋味说

以及日常用语的种种差异。

还关系到一只手，它伸进英语

中指和食指分开,模拟

一个字母,一次胜利,一种

对自我的纳粹式体验。

一支烟落地,只燃到一半就熄灭了

像一段历史。历史就是苦于口吃的

战争,再往前是第三帝国,是希特勒。

我不知道这个狂人是否枪杀过英语,枪杀过

莎士比亚和济慈。

但我知道,有牛津辞典里的、贵族的英语,

也有武装到牙齿的、丘吉尔或罗斯福的英语。

它的隐喻,它的物质,它的破坏的美学

在广岛和长崎爆炸。

我看见一堆堆汉字在日语中变成尸首——

但在语言之外,中国和英美结盟。

我读过这段历史,感到极为可疑。

我不知道历史和我谁更荒谬。

一百多年了,汉英之间,究竟发生了什么?

为什么如此多的中国人移居英语,

努力成为黄种白人,而把汉语

看作离婚的前妻,看作破镜里的家园?究竟

发生了什么?我独自一人在汉语中幽居

与众多纸人对话，空想着英语。

并看着更多的中国人跻身其间

从一个象形的人变为一个拼音的人。

            1987.7

玻璃工厂

1

从看见到看见,中间只有玻璃。
从脸到脸
隔开是看不见的。
在玻璃中,物质并不透明。
整个玻璃工厂是一只巨大的眼珠,
劳动是其中最黑的部分,
它的白天在事物的核心闪耀。
事物坚持了最初的泪水,
就像鸟在一片纯光中坚持了阴影。
以黑暗方式收回光芒,然后奉献。
在到处都是玻璃的地方,
玻璃已经不是它自己,而是
一种精神。
就像到处都是空气,空气近乎不存在。

2

工厂附近是大海。

对水的认识就是对玻璃的认识。

凝固,寒冷,易碎,

这些都是透明的代价。

透明是一种神秘的、能看见波浪的语言,

我在说出它的时候已经脱离了它,

脱离了杯子、茶几、穿衣镜,所有这些

具体的、成批生产的物质。

但我又置身于物质的包围之中,生命被欲望充满。

语言溢出,枯竭,在透明之前。

语言就是飞翔,就是

以空旷对空旷,以闪电对闪电。

如此多的天空在飞鸟的身体之外,

而一只孤鸟的影子

可以是光在海上的轻轻的擦痕。

有什么东西从玻璃上划过,比影子更轻,

比切口更深,比刀锋更难逾越。

裂缝是看不见的。

3

我来了,我看见,我说出。
语言和时间浑浊,泥沙俱下,
一片盲目从中心散开。
同样的经验也发生在玻璃内部。
火焰的呼吸,火焰的心脏。
所谓玻璃就是水在火焰里改变态度,
就是两种精神相遇,
两次毁灭进入同一永生。
水经过火焰变成玻璃,
变成零度以下的冷漠的燃烧,
像一个真理或一种感情
浅显,清晰,拒绝流动。
在果实里,在大海深处,水从不流动。

4

那么这就是我看到的玻璃——
依旧是石头,但已不再坚固。
依旧是火焰,但已不复温暖。
依旧是水,但既不柔软也不流逝。
它是一些伤口但从不流血。

它是一种声音但从不经过寂静。

从失去到失去，这就是玻璃。

语言和时间透明，

付出高代价。

5

在同一工厂我看见三种玻璃：

物态的，装饰的，象征的。

人们告诉我玻璃的父亲是一些混乱的石头。

在石头的空虚里，死亡并非终结，

而是一种可改变的原始的事实。

石头粉碎，玻璃诞生。

这是真实的。但还有另一种真实

把我引入另一种境界：从高处到高处。

在那种真实里玻璃仅仅是水，是已经

或正在变硬的、有骨头的、泼不掉的水，

而火焰是彻骨的寒冷，

并且最美丽的也最容易破碎。

世间一切崇高的事物，以及

事物的眼泪。

1987.9.6

冷血的秋天

一夜大风吹掉月亮,
墨水和蜡烛烧焦了土地。
眼睛里的火,几乎全是水,
田野漂浮在向下的阴沉里。

向下,一只鸟陷入人形。
它所承受的并不是收获,
却使收获显得触目。
一粒谷子的重量压迫了生活。

所有铅笔中的一支写颓了。
年轻的墨水换了一副面孔,
不在纸上哭,而是在黄金里痛哭,
但这颗浩渺的寸心不被传颂。

活着就得独自活着,
并把喊叫变成安静的言词。

何必惊扰世世代代的亡魂,

它们死了多年,还得重新去死。

　　　　　　　　1987.11 成都

一夜肖邦

只听一支曲子,
只为这支曲子保留耳朵。
一个肖邦对世界已经足够。
谁在这样的钢琴之夜徘徊?

可以把已经弹过的曲子重新弹奏一遍,
好像从来没有弹过。
可以一遍一遍将它弹上一夜,
然后终生不再去弹。
可以
死于一夜肖邦,
然后慢慢地、用整整一生的时间活过来。

可以把肖邦弹得好像弹错了一样。
可以只弹旋律中空心的和弦,
只弹经过句,像一次远行穿过月亮,
只弹弱音,夏天被忘掉的阳光,

或阳光中偶然被想起的一小块黑暗。

可以把柔板弹奏得像一片开阔地，

像一场大雪迟迟不肯落下。

可以死去多年但好像刚刚才走开。

可以

把肖邦弹奏得好像没有肖邦。

可以让一夜肖邦融化在撒旦的阳光下。

琴声如诉，耳朵里空有一颗心。

根本不要去听，心是听不见的，

如果有人在听肖邦就转身离去。

这已经不是他的时代，

那个思乡的、怀旧的、英雄城堡的时代。

可以把肖邦弹奏得好像没有在弹。

轻点再轻点

不要让手指触到空气和泪水。

真正震撼我们灵魂的狂风暴雨

可以是

最弱的，最温柔的。

1988.11

最后的幻象（组诗）

草　莓

如果草莓在燃烧，她将是白雪的妹妹。
她触到了嘴唇但另有所爱。
没人告诉我草莓被给予前是否荡然无存。
我漫长一生中的散步是从草莓开始的。
一群孩子在鲜红迎风的意念里狂奔，
当他们累了，无意中回头
——这是多么美丽而茫然的一个瞬间！

那时我年轻，满嘴都是草莓。
我久已忘怀的青青草地，
我将落未落的小小泪水，
一个双亲缠身的男孩曾在天空下痛哭。
我反身走进乌云，免得让他看见。
两个人的孤独只是孤独的一半。
初恋能从一颗草莓递过来吗？

童年的一次头晕持续到现在。
情人在月亮盈怀时变成了紫色。
这并非一个抒情的时代,
草莓只是从牙齿到肉体的一种速度,
没有比尝到草莓更靠近死亡的。
哦,早衰的一代,永不复归的旧梦,
谁将听到我无限怜悯的哀歌?

1988.11.6

花瓶,月亮

花瓶从手上跌落时,并没有妨碍夏日。
你以为能从我的缺少进入更多的身体,
但除了月亮,哪儿我也没有去过。
在月光下相爱就是不幸。
我们曾有过如此相爱的昨天吗?

月亮是对亡灵的优雅重获。
它闪耀时,好像有许多花儿踮起了足尖。
我看见了这些花朵,这些近乎亡灵的

束腰者，但叫不出它们的名字。
花瓶表达了对身体的直觉，
它让错视中的月亮开在水底。
那儿，花朵像一场大火横扫过来。

体内的花瓶倾倒，白骨化为音乐。
一曲未终，黑夜已经来临。
这只是许多个盈缺之夜的一夜，
灵魂的不安在肩头飘动。
当我老了，沉溺于对伤心咖啡馆的怀想，
泪水和有玻璃的风景混在一起，
在听不见的声音里碎了又碎。
我们曾经居住的月亮无一幸存，
我们双手触摸的花瓶全都掉落。
告诉我，还有什么是完好如初的？

1988.11.9

落　日

落日自咽喉涌出，
如一枚糖果含在口中，

这甜蜜、销魂、唾液周围的迹象，
万物的同心之圆、沉沦之圆、吻之圆，
一滴墨水就足以将它涂掉。
有如漆黑之手遮我双目。

哦疲倦的火，未遂的火，隐身的火，
这一切几乎是假的。
我看见毁容之美的最后闪耀。

落日重重指涉我早年的印象。
它所反映的恐惧起伏在动词中，
像拾级而上的大风刮过屋顶，
以舞者的姿态披散于众树。
我从词根直接走进落日，
看着一个老人焚烧，像是无人爱过。
他曾站在我的身体里，
为一束偶尔的光晕眩了一生。

落日是两腿间虚设的容颜，
是对沉沦之躯的无边挽留。
但除了那些热血，没有什么正在变黑。
除了那些白骨，没有谁曾经是美人。

一个吻使我浑身冰凉。
世界在下坠,落日高不可问。

1988.11.21

黑　鸦

幸福是阴郁的,为幻象所困扰。
风,周围肉体的杰作。
这么多面孔没落,而秋天如此深情,
像一闪而过、额头上的夕阳,
先是一片疼痛,然后是冷却、消亡,
是比冷却和消亡更黑的终极之爱。

然而我们一生中从未有过真正的黑夜。
在白昼,太阳倾泻乌鸦,
幸福是阴郁的,当月亮落到刀锋上,
当我们的四肢像泪水洒在昨天
反复冻结。火和空气在屋子里燃烧,
客厅从肩膀滑落下来,
往来的客人坐进乌鸦的怀抱。
每一只乌鸦带来两个世界的温柔。

这未知的言词：如果已知还来得及说出。

我从未看见比一只乌鸦更多的美丽。
一个赤露的女人从午夜焚烧到天明。

1988.11.3

蝴　蝶

蝴蝶，与时间无关的自怜之火。
庞大的空虚来自如此娇小的身段，
无助的哀告，一点力气都没有。
你梦想从蝴蝶脱身出来，
但蝴蝶本身也是梦，比你的梦更深。

幽独是从一枚胸针的丢失开始的。
它曾别在胸前，以便你华灯初上时
能听到温暖的话语，重读一些旧信。
你不记得写信人的模样了。他们当中

是否有人以写作的速度在死去，
以针的速度在进入？你读信的夜里，

胸针已经丢失。一只蝴蝶
先是飞离然后返回预兆,
带着身体里那些难以解释的物质。
想从蝴蝶摆脱物质是徒劳的。
物质即绝对,没有遗忘的表面。

蝴蝶是一天那么长的爱情。
如果加上黑夜,它将减少到一吻。
你无从获知两者之中谁更短促:
是你的一生,还是一昼夜的蝴蝶?
蝴蝶太美了,反而显得残忍。

1988.12.19

玫 瑰

第一次凋谢后,不会再有玫瑰。
最美丽的往往也是最后的。
尖锐的火焰刺破前额,
我无法避开这来自冥界的热病。
玫瑰与从前的风暴连成一片。
我知道她向往鲜艳的肉体,

但比人们所想象的更加阴郁。

往日的玫瑰泣不成声。
她溢出耳朵前已经枯竭了。
正在盛开的,还能盛开多久?
玫瑰之恋痛饮过那么多情人,
如今他们衰老得像高处的杯子,
失手时感到从未有过的平静。

所有的玫瑰中被拿掉了一朵。
为了她,我将错过晚年的幽邃之火。
如果我在写作,她是最痛的语言。
我写了那么多书,但什么也不能挽回。
仅一个词就可以结束我的一生,
正如最初的玫瑰,使我一病多年。

雏 菊

雏菊的昨夜在阳光中颤抖。
一扇突然关闭的窗户闯进身体,
我听见婴孩开成花朵的声音。
裙子如流水,没有遮住什么,

正像怀里的雏菊一无所求,
四周莫名地闪着几颗牙齿。
一个四岁的女孩想吃黄金。

雏菊的侧面从事端闪回肉体
雨水与记忆掺和到暗处,
这含混的,入骨而行的极限之痛,
我从中归来的时候已经周身冰雪。
那时满地的雏菊红得像疾病,
我嗅到了其中的火,却道天气转凉。
一个十二岁的女孩穿上衣服。

花园一闪就不见了。
稀疏的秋天从头上飘落,
太阳像某种缺陷,有了几分雪意。
对于迟来者,雏菊是白天的夜曲,
经过弹了就忘的手直达月亮。
人体的内部自花蕊溢出,
像空谷来风不理会风中之哭。
一个十七岁的少女远嫁何方?

1988.11.29

彗　星

太短促的光芒可以任意照耀
有时光芒所带来的黑暗比黑暗更多。
屋里的灯微弱不均地亮到天明，
一颗彗星死了，但与预想无关。

人要走到多高的地方才能坠落？
如空气的目击者俯身向下，
寻找自身曾经消逝的古老痕迹。
我不知道正在消逝的是老人还是孩子，
死亡太高深了，让我不敢去死。
一个我们称之为天才的人能活多久？

彗星被与它相似的名称夺走。
时间比突破四周的下颌高出一些，
它迫使人们向上，向高处的某种显露，
向屋顶阴影的漂移之手。
彗星突然亮了，正当我走到屋外。
我没想到眼睛最后会闪现出来，
光芒来得太快，几乎使我瞎掉。

1988.12.4

秋　天

让我倒向离我而去的亲人的怀抱吧!
倒向我每日散步的插图里的空地。
那谜一样开满空地的少年的邂逅,
他晒够了太阳,掉头走进树荫。
再让我歌唱夏日为时已晚,
那么让我忘掉初恋,面对世界痛哭。
哦秋天,不要这样迷惘!

不要让一些往事雪一样从头顶落下,
让另一些往事像推迟发育的肩膀
在渐渐稀少的阳光中发抖。
我担心我会从岔开的小路错过归途。
是否一个少女在走来,要靠近我时
倒下了?是否一天的太阳分两天照耀?

当花园从对面倾斜的屋顶反射过来。
所有的花园起初都仅仅是个梦。
我要揉碎这些迷梦,但两手在空中
突然停住。我为自己难过。

一想到这是秋天我就宽恕了自己，
宽恕自己也就宽恕了世界。
哦心儿，不要这样高傲！

1988.12.12

初　雪

下雪之前是阳光明媚的顾盼。
我回头看见家园在一枚果子里飘零，
大地的粮食燃到了身上。
玉碎宫倾的美人被深藏，被暗恋。

移步到另一个夏天。移步之前
我已僵直不动，面目停滞，
然后雪先于天空落下。
植物光秃秃的气味潜行于白昼，
带着我每天的空想，苍白之火，火之书。
看雪落下是怎样一种恩典和忧伤，
并且，雪落下的样子是多么奇妙！
谁在那边踏雪，终生不曾归来？

踏雪之前，我被另外的名字倾听。

风暴卷着羊群吹过我的面颊，

但我全然不知。

我生命中的某一天永远在下雪，

永远有一种忘却没法告诉世界，

那儿，阳光感到与生俱来的寒冷。

初雪，忘却，相似的茫无所知的美。

何以初雪迟迟不肯落下？

下雪之前，没有什么是洁白的。

1988.12.14

老　人

他向晚而立的样子让人伤感。

一阵来风就可以将他吹走，

但还是让他留在我的身后。

老年和青春，两种真实都天真无邪。

风景在无人关闭的窗前冷落下来。

遥远的窗户，无言以对的四周，

一条走廊穿过许多早晨。

两端的花园低音持续。

应该将哭泣和珍珠串在一起，

围绕那些雪白的刺眼的

那些依稀夏日的一再回头。

我回头看见了什么呢？

老人还在身后，没有被风吹走。

有风的地方就有临风站立的下午，

但老人已从远处回到室内。

风中的男孩引颈向晚，

怀抱着落日下沉。

在黑暗中，盲目是光之起源，

如果我所看见的是哀悼光芒的老人。

1988.12.16

书　卷

白昼，眼睛的陷落，

言词和光线隐入肉体。

伸出的手使知觉萦绕或下垂。

如此肯定地闭上眼睛，

为了那些已经或将要读到的书卷。

当光线在灰烬暗淡的头颅聚集,
怀里的书高得下雪,视野多雾。
那样的智慧显然有些昏厥。
白昼没有外形,它将隐入肉体。
如果眼睛不曾闭上,
谁洋溢得像一个词但并不说出?

老来我阅读,披着火焰或饥饿。
饥饿是火的粮食,火是雪的舌头。
我看见镜子和对面的书房,
飞鸟以剪刀的形状横布天空。
阅读就是把光线置于剪刀之下。
告诉那些汲水者,诸神渴了,
知识在焚烧,像奇异的时装。
紧身的时代,谁赤裸得像皇帝?

1988.12.29 海口—成都

遗　忘

越是久远的事物越是清晰可见
苍天在上！苍天里迅疾如闪电者
沉入大地的漆黑掩埋，眼里的金子
射向雷霆，从此没有光芒
能够覆盖我的内心而不覆盖我疾速
走过的原野。

春天的原野。我徒步而行的原野。
迫使一个人用一百只手臂高高举起
马匹和风暴倒下、传开的回声如花吐瓣
的原野。大地的一个角
或眼里的几滴泪水。

我从来没有祈求过像现在这么多的泪水。
请允许我比大地低地压低嗓子，
比嗓子更弯曲地弯向大地。
请允许我俯首而歌，折腰而歌，剜目而歌。

直到瞎了才痛哭的人啊，
将在谁的注目礼中失声痛哭？为谁
而哭？那么伤心地，忍不住地
从生到死地哭！请求别人一起哭！

而那些彻底不眠的夜的攫取者，在白天
是瞎子。他们从太阳吸走了鹰的冷血，
两眼直视太阳但茫无所视。

光亮即遗忘。
我所神往和聆听的、摄我魂魄的年代，
我为之碎身为之悬胆为之歌哭的年代，
是如此久远，倾斜，
像闪电在黑暗的记忆深处那么倾斜，
透过另一个更为倾斜更为久远的年代
的回声，既没有记住，也没有被真正听到。

1990.2.12 于成都

寂　静

站在冬天的橡树下我停止了歌唱

橡树遮蔽的天空像一夜大雪骤然落下

下了一夜的雪在早晨停住

曾经歌唱过的黑马没有归来

黑马的眼睛一片漆黑

黑马眼里的空旷草原积满泪水

岁月在其中黑到了尽头

狂风把黑马吹到天上

狂风把白骨吹进果实

狂风中的橡树就要被连根拔起

1990.9.4

墨 水 瓶

纸脸起伏的遥远冬天，
狂风掀动纸的屋顶，
露出笔尖上吸满墨水的脑袋。

如果钢笔拧紧了笔盖，
就只好用削过的铅笔书写。
一个长腿蚊的冬天以风的姿势快速移动。
我看见落到雪地上的深深黑夜，
以及墨水和橡皮之间的
一张白纸。

已经拧紧的笔盖，谁把它拧开了？
已经用铅笔写过一遍的日子，
谁用吸墨水的笔重新写了一遍？

覆盖，永无休止的覆盖。
我一生中的散步被车站和机场覆盖。

擦肩而过的美丽面孔被几个固定的词
　　　　覆盖。
大地上真实而遥远的冬天
被人造的 220 伏的冬天覆盖。
绿色的田野被灰蒙蒙的一片屋顶覆盖。

而当我孤独的书房落到纸上，
被墨水一样滴落下来的集体宿舍覆盖，
谁是那倾斜的墨水瓶？

1990.12.17

星期日的钥匙

钥匙在星期日早上的阳光中晃动。
深夜归来的人回不了自己的家。
钥匙进入锁孔的声音,不像敲门声
那么遥远,梦中的地址更为可靠。

当我横穿郊外公路,所有车灯
突然熄灭。在我头上的无限星空里
有人捏住了自行车的刹把。倾斜,
一秒钟的倾斜,我听到钥匙掉在地上。

许多年前的一串钥匙在阳光中晃动。
我拾起了它,但不知它后面的手
隐匿在何处?星期六之前的所有日子
都上了锁,我不知道该打开哪一把。

现在是星期日。所有房间
全部神秘地敞开。我扔掉钥匙。

走进任何一间房屋都用不着敲门。

世界如此拥挤,屋里却空无一人。

1991.8.23

空中小站

下午,我在途中。
远方的小火车站像狼眼睛一样闪耀。

火车站并不远,天黑前能够到达。
我要去的地方是没有黑夜的城市。
警察局长的办公桌放在空无一人的
广场中央,大街上的行人是雕塑,
密探的面孔像雨水在速写的墨水中
变成深色。汽笛响过后
无人乘坐的火车
开出车站,我错过了开车的时间。

有一座上层建筑,顶端是花园。
有一个空中小站,悬于花园之上。
有一段楼梯,高出我的视野。
有一次旅行,通向我对面的座位。
而我从未去过的城市,狂欢的

露天晚宴持续到天明,吹了一夜的风
突然停止,邮件和人事档案漫天飘落。

下午,我在途中。
远方有一个
高于广场和上层建筑的空中小站。

          1992.2.15

茨维塔耶娃

带来爱情的三只橘子在枯枝间奔跑。
空出两个座位的俄罗斯马车,停在浓雾
像兔子的两只耳朵偏离面孔的地方。
前胸袒露,没有真正的胸针。
花簇在头上像一场雪崩。傍晚
我看见穿红色登山服的人们
怀抱落日从起风的山腰刮了过去。
山顶在屋顶后面,并不十分遥远。

短促的句子。婚礼上
新郎神秘地失踪,人们团团围住的新娘
穿戴仿制的项链和金手镯。
她不相信自己会长大到 21 岁,
对所有的已知事物她都佯装不知。
三只爱情的橘子,她只能得到一只。
也许比一只还少:心分成两半,
它是用蜡做成的。

1992.3.18 于成都

计划经济时代的爱情

时尚最终将垂青于那些
蔑视时尚的人。不是一个而是
一群儿女如云的官员,缓缓步下
大理石台阶,手电的光柱
朝上直立:两腿之间虚妄的
攀登。女秘书顺手拔下
充电器的金属插头,没有
再次插入。

阴阳相间、空心的塑料软管,
裹紧 100 根扭住的
散布在开端的清晰头发丝。电镀银
消褪之后,女秘书对官员
的众多下属说:给每秒钟
3000 立方米的水流量
安装 100 个减压开关。

硬的软了下来，老的
更老。顺着黑夜里
一道微弱的光柱往上爬——
硬币、纸币、家庭的流水账目，
一生积蓄像火焰在水底。

一个官员要穿过 100 间卧室，
才能进入妻子的、像蓄水池上升到唇边
那么平静的睡眠。录音电话里
传来女秘书带插孔的声音。
一根管子里的水，
从 100 根管子流了出来。爱情
是公积金的平均分配，是街心花园
耸立的喷泉，是封建时代一座荒废后宫
的秘密开关：保险丝断了。

1992.4.6

晚　餐

香料接触风吹

之后，进入火焰的熟食并没有

进入生铁。锅底沉积多年的白雪

从指尖上升到头颅，晚餐

一直持续到我的垂暮之年。

　　　　　　　　不会

再有早晨了。在昨夜，在点蜡烛的

街头餐馆，我要了双份的

卷心菜，空心菜，生鱼片和香肠，

摇晃的啤酒泡沫悬挂。

　　清账之后，

一根用手工磨成的象牙牙签

在疏松的齿间，在食物的日蚀深处

慢慢搅动。不会再有早晨了。

晚间新闻在深夜又重播了一遍。

其中有一则讣告：死者是第二次

　　　　　　　　　死去。

短暂地注视,温柔地诉说,

为了那些长久以来一直在倾听

和注视我的人。我已替亡灵付账。

不会再有早晨了,也不会

  再有夜晚。

1992.6.15

电 梯 中

电梯就要下降,苹果递了过来
作为对想象力的补充。挤出人群
你就能进来。要是上班到得太早,
苹果还在树上,正如新一代拒绝成长。

你以为电梯下降时他们会留在天空中?
要是你上班来迟了,就索性再迟一些。
接班的含义是,两个紧紧相挨的座位
彼此交换了运气和门牌号码。

权力有一张终于被忘记的脸,
它是从打了记号的扑克挑选出来的。
一个挣钱比别人多的人总是缺钱花,
当他开始欠钱,就会变得阔绰起来。

你脸上的微笑是胶水粘上去的,
我能从中闻到一股化学变化的气味。

你哭泣的样子像是假装在哭泣，
你真的以为泪水是没有骨头的吗？

带上你的女儿，美容院
能从她的美貌去掉不断成长的美。
但是剩下的依然在成长，衰老不过是
美在变得更美时战栗了。

这一切只能从心灵去解释。
整座城市压在你的身上，超出了
心脏病的重量。为什么是在天空中？
苹果突然坠落，电梯来不及下降。

          1993.2.7 于成都

另一个夏天

遗忘:越来越甜蜜的年龄。
它的嘴唇覆盖我的歌唱和肢体。
我已沉默。回答是翅膀,询问
是根。逃亡者的天空和囚犯的大地。
遗忘有助于年轻一代的生长,这是一个
倒着计数、倒着吃甘蔗的
衰老过程。到处相似的甘蔗园,越是甜蜜
就越是衰老。它所保存的水分
比给予的更多。晒够了太阳,天开始下雨。
雨伞遮住城市的楼顶晾台。
在乡下,一场风暴被连根拔起!

晨曦和落日,已不是最初的。
赞美的脚步像一只偷吃蜜糖的棕熊,
把蜇人的双手隐藏在高高举起的玫瑰花丛。
怎么都行:可以在花瓶伸出的颈子上放弃脑袋,
也可以在装饰化的点心里像蜜蜂

脱掉衬衣。手拂去灰尘。
我感到一个变得干燥的雨后的天空
碰到我的面颊,像盐撒下
伤口一样大小的沙漠,像回答
面对询问,像翅膀处于根的上升之中。
夏天的看不见的供水系统,
把一只狂饮无度的杯子放在我的手上。
我感到我的骄傲不够用——
如果你对正在成为"是"的一切说"不",
如果你回到最初的沉痛。

注视的、闭上的
眼睛。如此多的劝告和宽限。
但是惩罚的脚步比结局更快地来到桌面,
表明人们对世俗欢乐的向往
是多么急迫:他们将固执己见。
现在只能由惩罚本身对惩罚加以阻拦。
这会带来新的运气。因为从未排演的
是格外凉爽的,当我们
在闷热的午后走到树荫下面,
将剧情中的几个次要角色包括进来。
而真正的头面人物是不会露面的,

他总是在座位靠后的某个地方独自观看
和空想，为搬上舞台的生活捐钱。
呆在一加一的简单生活里会显得比较乐观。
但是悲观的抒情的肉体却更为雄辩，
它拒绝了人类天性的引导，
长久地沉溺于对未知事物的迷恋。

回家时搭乘一辆双轮马车是多么浪漫！
但也许搭计程车更为方便，其速度
符合我们对死亡的看法。永远不会太晚，
即使一场车祸把我们堵在那里，
即使下一次奇遇还要等上二十年。
现在缺少的只是一顿凉风习习的晚餐
和一个飞机场，上帝将神秘地降落，
而我依然不能看见
我自己。我已订好了秋天的回程机票。
是的，怎么都行。四十七岁的夏天
挥手招来雪花，像二十七岁那么美，
那么茫然，超出了我的有生之年。

        1993.7.2 于华盛顿

关于市场经济的虚构笔记

1

从任何变得比它自身更小的窗户
都能看到这个国家,车站后面还是车站。
你的眼睛后面隐藏着一双快速移动的
摄影机的眼睛,喉咙里有一个带旋钮的
通向高压电流的喉咙:录下来的声音,
像剪刀下的卡通动作临时凑在一起,
构成了我们这个时代的视觉特征。
一列蒸汽火车驶离装饰过的现实,一个口号
使庞大的重工业变得轻浮。在口号反面的
广告节目里,政治家走向沿街叫卖的
银行家的封面肖像,手中的望远镜
颠倒过来。他看到的是更为遥远的公众。

2

银行家会不会举手反对省吃俭用的

计划经济的政治美德?花光了挣来的钱,
就花欠下的。如果你把已经花掉的钱
再花一遍,就会变得比存进银行更多,
也更可靠。但是无论你挣多少钱,
数过一遍就变成了假的。一切都在增长
和变化,除了打光子弹的玩具枪,
除了从魔术掏出来的零用钱。
伪装的自传,渗透到公众利益的基础,
从个人积蓄去掉时间,去掉先知先觉的
冰冷常识。如果还不是什么都不需要,幸福
就会越来越少。够吃就行了,没有必要丰收。

3

道德和权力的怀乡病在一句子里
加了括号,不能集中到一个人的嘴上。
你将眼看着身体里长出一个老人,
与感官的玫瑰重合,像什么
就曾经是什么。机器时代的成长
总是在一秒钟的晕眩里嫌一生太漫长。
你知道自己重视的是青春,却选择了一门
到老年才带来荣耀的技艺。要想在年轻时

挥霍老年的巨大财富，必须借助虚无的力量
成为自己身上的死者。大海难以描述的颜色
穿插进来，把你的面孔变成纷乱的小雨，
在加了一道黑边的镜框里突然亮起来。

4

不要那么看重死后的名声，它们
并不真的存在，你能从中腾出手来
去拆一封生前的信。肉体的交谈
没有固定不变的邮政地址，它只对来世
有约束力。只要黑色还在玫瑰中坚持，
爱情就只能通过远处的目光加以注视。
等号后面的目光，它对现存事物的看法
带有回忆录的梦幻性质。要是你转身
转得够快，要是我用第一人称来称呼你：
你可以选择被遗忘还是被记住，下来
还是高踞其上。楼梯已经折叠起来。
你可以取消你的座位，也可以让它停在空中。

5

你试图拯救每天的形象：你的家庭生活

将获得一种走了样的国际风格,一种
肥皂剧的轻松调子。凡是曾经出现的
都没有被预言过。美就是对器皿
的空想,先有了一条像空气那么自由的裙子,
然后有一个适合它的腰。你知道色情
比温情更能给女人带来一种理想的美,
其中悲哀的真实成分比假设的、比你
预先想到的还多。干枯的满天星
落到花瓶里,形成腰部紧束的女人,
精神阴暗的另一面。而你满脑袋都是韵脚,
一屁股的欠债像汽水往外冒泡。

6

你谈到旧日女友时引用了新近写下的
一行赞美诗。在头韵和腰韵之间,你假定
肉体之爱是一个叙述中套叙述的
重复过程。重复:措辞的乌托邦。
由此而来的下一个不在此时
此地,其面相带有小地方长大的人
特有的狡黠,加快了来到大城市的步伐。
上班时你混在人群中去见顶头上司,这表明

日出是一种集体印象,与早期教育
所培养的乡土气融成一片。现在没有人
还会惦记故乡,身在何处有什么关系?
飘忽不定的心情,碰巧你是伤感的。

7

为什么总是那么好,为什么不能
次一些?约会时你到得比上班还晚。
一只脚紧紧踩住加速器,另一只脚
踩在刹车上面。不要向身后回望,
中午的快餐退出视野后会变得广阔起来,
就像暴风雨变成某种性格,在一幅油画中
从推窗可见的田园景色分离出来。
实际上你不可能从旧时代和新生活
去赴同一顿晚餐,幸福
有两种结局,它们都是平庸的。
如果你来晚了就总是来得太晚,
如果来得早了一点,约会就将取消。

8

起初你要什么,主人就在杯子里

给你斟满什么。现在杯子里是什么
你就得喝什么。下一个轮到你去白净的
洗手间,把想要呕吐的全部呕吐出来。
这顿午餐在本质上是黑夜。要是它的真实性
再减少一些,看上去就会像催眠似的
让人着迷。从中裂开的幽暗酒吧,
对于一把餐刀是开心果,但如果使用的
是筷子,仅有的饥饿将倾向于放弃肉体。
食谱里的花朵,是否能够借助光线的变化
显示被风刮过,或是被刀子扎过的
不同黑暗?尽管触及黑暗的花梗已经折断。

9

起伏的蛇腰穿过两端,其长度
可以任意延长,只要事物的短暂性
还在起作用。犯人在被抓住之后
才有面孔,然而本来就不那么肯定的证据
否定不了什么,也不可能被否定。
辩护词是从另一桩案子摘抄下来的,
其要点写进了教科书。从前的进修生
摇身变成法官,他的外省口音

听上去带有大蒜发芽的味道,使两个
彼此接近的事实变得必须单独面对。
法律从嗓子沙哑的遗产纠纷中取消了
抑扬格,把它转变成一道空想的象棋难题。

10

这个国家只有一个窗口出售车票。火车
就要进站了。你想象自己在空中居住,
有一个偶然想到的地址,和一个
天文数字构成的电话号码。当你散步
经过保险公司,终生积蓄像搓过的耳朵
来到烈酒表面,也许它们最终将在羞涩
和屈辱的相互忘却之间冻得通红。硬币
或纸币:你不可能成为甜蜜生活的骨头。
眼睛充满安静的泪水,与怒火保持恰当的
比例。河流总是在远方。大地上的列车
按照正确的时间法则行驶,不带抒情成分。
你知道自己不是新一代人。"忘记我在这里。"

1993.2

雪

1

　　雪深深落下
雪落下因为到达了某个平面：不仅在纸上。
一些消除了见解的神秘读音萦绕不散，
词与事物的接触立即融化了。

这些害羞的点滴，没有从乡愁溢出。
器皿对器皿是多么软弱，词也是软弱的。
眼前这片景色像桌布一样抖动。

雪落下是为了另一种心情。多年之后
我感到寒冷，但不是恰在那个时刻。
桌子在远处：请拿掉面包和酒。

2

雪在脸上留下了被脚跟抹去的痕迹。

脚趾从胸脯取得温暖。至于嘴唇
让它贴近第二类白然的阴影吧。

散步者的天空在气象消息中持续降落,
电梯和水银交替上升到心灵的刻度,
宽衣解带的美,朝摩天高楼屏息一吹。

你以为停泊在半空中的自行车
会和双脚一起落地吗?穿上你的鞋子,
这是脆弱、孤立的片刻,玛利亚。

3

空气因雪的亮度而显得干燥,
生殖力埋入花园。词语造成的人
有着想象中豹子的前额,词擦亮了铁。

我置身于各种器官之间比例的崩溃。
肉体走出肉体传递过来的精神音乐,
由于相互不能打听的原貌而被修饰,被扰乱。

幼兽的美丽犄角慢慢爬到人类身上。

花纹和香气的丧失在一枚徽章里重现,
正如明信片上的风景显示出金钱本色。

4

竖起的衬衣领子并不意味着闲暇。
某种被注意到的内心变化在书房里
空出一张椅子,它被搬到厨房。

雪像卷舌音一样弯曲,像括号
少于自身的一半。在从不下雪的南方,
土地每种植两年就要荒废两年。

把生活欠下的交给美去偿还吧。
总有一些亡魂试着从言辞挣脱出来,
透过本地人的目光与异乡人对视。

5

因为是从取景器向四周眺望,雪和雪
隔着一些栏杆,台阶,门牌号码,
夏天的音乐会隔着黑白键盘的排列。

对于眼前这些雪,真的有过夏天吗?
裙子里的腰从有力的搂抱消失了,
你伸出的是手套里的手。玛利亚,

夏天你去看母亲,汽车向西行驶。
冒烟的雪,从排气管爬上天空,
苦闷的热带扑面而来。

6

为什么是落到底片上的雪打动了我,
而不是落到镜子里的雪,
那些胭脂尚存、睫毛上、嘴唇上的雪?

因为雪在纸上是颤抖的,
是从书写的清晰度产生出来的茫然目光,
在人群中望着我,不提任何要求?

或者因为泪水中的墨水过于强烈,
几乎有些昏厥?钻石最终将闪耀出来,
已经写下的将被涂掉,撕掉,忘掉。

7

取景器深处的雪并没有真的落下。
仅有一些难以辨认的读音、笔迹、脚印,
与手纺袜子的泥土味混在一起。

一个动词的空间快速滑向药片,
高级文体的混合缺少一滴眼泪。
预先就注定无眠的眼睛是闭上的。

按下快门:人站在梦境中看雪落下,
醒来时赤裸着身体晒太阳。
如果没有风景,地球上将空无一人。

8

行将消失的地点,几根简单的平行线
穿过公园里的长椅子,仿佛旧时代的甜蜜生活
可以无限延长。词的奇境来得太晚。

雪助人忘却,但被推迟到老年。

钥匙和电话将屈从于毫不动心的蜡,
墨水是踉跄的,泪水是狂野的。

到处是公用电话和邮政信箱。
我看见一些精确的、彼此卡住的零件。
词所缺少的只是词,这正是哀愁之所在。

9

一群无可救药的唯美主义者,
依靠对虚构事物的信赖推动生活,
以毁容的激情走上表演。

如果没有舞台,雪还会落下来吗?
政治比芭蕾有更多的鞠躬,
但永远不可能像芭蕾那样踮起足尖。

雪落下因为我预先感到它要落下。
告诉我思想是怎样变成黑色的,
你给了它一个理发师,却不让它有头发。

10

在布景里看雪落下。
我的处境,以及植物般的亚裔外貌,
暗中移植到好莱坞的艳俗风景。

雪在一万英尺的胶片上只落下一半,
电影票递到我们每个人的手中,
但是,天堂的电影院在哪里呢?

这是两小时的美国梦:
上帝的美丽女儿有着魔鬼的身材,
男主人公像死者一样刀枪不入。

11

怎样的雪停留在亡灵的高度上?
词与物的片刻接触产生了分离的正面,
对弈者从刀片一闪的阳光往回看——

在这些连续到来的亡灵的替身中,
我无法插进一个棋局,以便认出

少数人的王后。马在无底的棋盘上急驰——

少到不能再少的构词法迷住了我。
雪小得像针眼,王的头颅穿了过去,
身体却留下不走:这始终是个谜。

12

过去像某种威胁那样存在着。
玛利亚,整个冬天我们吃鳕鱼,
但到了夏季,依然不能在水底飞翔。

火焰的肺没有学会用灭火器呼吸,
尽管暴风雪像鱼身上的碎片,
闪耀着工业化的马赛克天空。

计划经济的婚姻像纪念碑一样耸立,
鱼子酱从另一种现实邮寄过来,
敲门声远在长途电话的另一端。

13

时间在角色分配中放进一道减法。

如何从南中国的一个荒凉小镇,
看待曼哈顿上空这些美丽的雪?

两个完全不同的世界擦身而过。
曼哈顿是天堂,如果只在那里呆一天,
如果途经它去另一地。

没有曼哈顿。另一地也并不存在。
当我从生命之半的旅途回过头来,
生活已无力回到它的本来面目。

14

我被告知雪最迷人的是它的迁移自由。
但是雪能在南方植物中扎下根子,
展开它的角度,它热烈的对立面吗?

事物的公正性深深植根于本地口音。
对于短促的句子,灯还不够亮。
不要把旧日子像灯一样关掉,玛利亚。

人积蓄泪水是为了看不见的欢乐。

要了解这些泪水,必须在别的泪水中
找到一滴墨水:它毫无用处。

15

乌鸦和蝴蝶从笔尖溢出,
墨水在乌鸦身上站着,放弃了公众的雪,
而更多的蝴蝶被强加给一只蝴蝶。

从乌鸦与蝴蝶的差异去分享个别的雪,
就能分享一个间隔:你的朋友,
你的美学敌人,耳朵中的聋子耳朵,

以及那些零花钱。蝴蝶的崩溃
在档案中留下许多乌鸦的眼睛,
深处的寂静,已经不起变化。

16

现在,是那听不见的声音在为你弹奏。
暴风雪经过彻底的精神分析
汇集到一只按钮:歌剧通过高压电。

合唱队深深压抑在胸脯里面。
孤独的女高音被封闭起来,
作为部分的、远处的雪。

雪听上去像是歌剧深处没了嗓子。
只有假发,釉彩,面具和追光,
没有嗓子。倾听的人像是别的人在听。

17

雪将以夏天的样子被记住。
中年:一条终于松开的绳子,
双手从长满皮毛的事实缩了回来。

雪的浪漫灵魂牵涉到光线变化。
哦雪,巴洛克风景的崇高闪烁,
肖像从肖像吹拂过去,词回到词。

玛利亚,随着词的改变
我们也改变着自己的肉体。
事实变轻了,词却取得了重量。

18

雪不一定在生前落下,也不一定在故乡。
我已用尽了从怀乡病汲取的力量,
没有一条路通向真正安宁的书房。

眼前这些雪处于另一片景色的显现
或消失之中。事物与心灵保持接触。
我在雪人的行列中举起零的面孔。

只有在死后重新落下的雪才会传开。
但一切都不会长久,除了落在纸上的雪,
仅一滴墨水就可以涂掉它们。

1994.2 华盛顿

纸币、硬币

1

面部处于重叠的机构,缺少官方特征。
远山的有力轮廓涌向一只鼻子。画框内
秋天以速写笔触展开它狂野的肺。
乌鸦坠地,像外星人的鞋子,其尺寸
适合年轻人外出:他们的全部课程
都由死者讲授。谁也无法精确地描述
一个身边的女人的细碎之美,她的住处
在书本之外。而我已走上了纸的行程。

搬来椅子却不请朋友坐下。一种
从家族婚姻史弥漫开来的单身乐趣
经受不住镜子的破碎。A大调鳟鱼
在刀叉上深深挣扎,我听到人们赞美
鱼刺和角闪石,我看到黄金从现款撤回。
灵魂的交易并不复杂。我起身离开餐桌。

一个教授的职位从物价上升到双鱼星座，
它是航空快件寄来的，经历了缓慢的牙痛。

现在我知道我在官方教科书中
头发是灰白的。我举手发言，但教授
还是邮寄的路上。秋天，旅途向西
带着不同政见的波纹和刻度
在肺叶中散发，其辐射状被内心的蜘蛛
保存下来。纸上的旅行，把贫富差异
转变成向左旋转的轮盘赌：有人用左手
去试右手带来的运气。硬币抛向天空。

所有这些不切实际的财产最终被看作
表格里的空想。用明月铸造的货币
其能见度未经雕琢。守旧的式样，
我从中清晰地看到了分类的痕迹，
以及二元对立的力量。这是谁的过错：
我将使用可兰经书上的古奥字句
去向银行职员讨公道价格，我将
在冷藏柜里写作。读者：讲德语的鳟鱼。

理性时代过去了。我至今没有读到

老年黑格尔的手稿，他是否摘下眼镜
焚毁了毕生的图书馆？从一颗冷静的头脑
产生出来的狂热头脑是如此坚定，
当他加快思想拍卖的步伐，当他用手套
去换双手的冰冷骨头。而我并不相信
新世界的一致性幽灵。到处的零星材料
被处死，它们拒绝了集体主义的温情。

有两个腰，或者有一百万个想法
却听命于一颗广泛张贴的脑袋是懒散
和懦弱的。一段事先写下的对话
充满印刷错误。书架上的火车站
沿着老式楼梯来到天空中的旅程，我怀疑
我是从青年黑格尔搭乘的列车上醒来。
可怕的高度：那时大地上并没有铁轨和电梯，
不然死人中的不朽者将会上升得更快。

真正可怕的是：一个人死了还在成长。
那么多性急的年轻人出现在他的盛名
和脱身术中，可疑的地址传递到我手上。
一封私人来信被予了群众性，
但这并不意味着它是合法的，因为法律

无力维护死人中的多数人。它也不是
可读的：我读到的是一份心脏病历，
却被一个牙科医生敲掉了牙齿。

以书本观点看待肉体事实的多变
会从中获得光亮。但肉体本身是多么幽暗！
即使落日变成一笔金钱直接去痛哭。
这一切对文明的进步是一支毫无用处的蜡烛。
当泪水像吸毒一样上升到头发，当它执意
上升，而我潜心于年深日久的诗歌教义。
从卑微的世俗生活表达智慧的骄傲，
得到了时间的肯定：两者都是骷髅的舞蹈。

2

让阿里可尼断续的声音进入秋天。
那不是电脑网格里一只向下移动的老鼠
或统计学的一个稻草人。分界线
像两扇门之间的缝隙在合拢。水和雾
从远处被照亮。磨光的片言只语的鸟
隐身于刀刃般闪开的波浪线条中，
周围是一些小而轻的擦痕。美貌

如果是有灵魂的，那么，如何解释冲动？

灵魂如果指导着誓言，这就不是她。
她受到责问的忠诚，她狼藉的贞操。
我被告知这是但又不是克瑞西达。
美并不总是道德的敌人，尽管它缺少
道德的压迫感。现在一个逻各斯
变成两个逻各斯，圆圈变成了椭圆，
而那适合儿童的魔法世界正在消逝。
理智丢光了，却仍然保持骑士的体面。

法兰西人躲进阿尔都塞的活页脑袋
阅读忧郁的《资本论》。英国人为快乐
而活着，他们的皇室在长茎玫瑰上摇摆，
似乎私生活只是一种扰乱，一种从分割
得到赞美的古老等级。犹太人把专业化
看作神经的失败，他们转而祈求工具理性，
这同样是危险的。在美国，财富和闲暇
患了视觉上的无口才症，风景一片寂静。

绝顶聪明的人对于比别人聪明感到内疚。
在真相中，他们有眼睛但并不睁开，

因为他们将重新发现人类事物的乌有，
发现其他星球的水已上升到青草的覆盖。
两腿之间的水，有一个像嘴唇那样缩小
像花瓣那样飞扑的形状。空间的轻盈
是迷人的，当我倾听那对时间的自相缠绕
感到困惑的阿里可尼断续的声音。

那湿润的，刺耳的。手术刀像一阵风暴
从子宫刮削而过，使布景悬浮起来
像鲑鱼网一样撒开。但这不是她的面貌，
伤心的特洛伊罗思对观众说。很快
他将从下一代的单一性之梦退出，
因为他们的机器面孔使独裁者着迷。
而我从梦境看到了从前的行刑队伍，
轮子疯狂地转动，但不接触大地。

这是随意插进对话的一个虚幻场面。
她忘记了莎士比亚的台词，但生活
还得继续下去。为此她嫁给了生前
碰上的一个影子。两个世界的泡沫
堆在头上就像肉体之爱是死者的行为，
是悲剧的和超时间的。黄昏，花园里，

我和她擦肩而过。在舞台上她可能更美，
但平庸生活使她不安的美得到了休息。

在不照镜子的面孔中月亮为谁而哭？
特洛伊罗思被捆住的舌头会不会
从北方的雄辩地貌汲取大海的起伏，
证实克瑞西达之恋超出了镜子的范围？
那从牧师身份整理出来的信仰变化
像变化之前那么可疑，不变的则被推迟，
偏离了本地人的南方口音。他们的对话
不在阿基米德点上，从来如此。

这一切意味着表演的极度残忍。
某个暂时可以相处的声音将留下不走，
因为最后一个裸体是忧郁的机器人，
他的简化型头脑像巨大的漏斗
站在漏掉的幸福一边。我看见水的王国
朝火星迁移。人们坐在雾和波浪上面，
总有一个位子是空着的，留给独裁者坐。
那么，让阿里可尼断续的声音进入秋天。

1994.5 于华盛顿

哈姆雷特

在一个角色里待久了会显得孤立。
但这只是鬼魂,面具后面的呼吸,
对于到处传来的掌声他听到的太多,
尽管越来越宁静的天空丝毫不起波浪。

他来到舞台当中,灯光一起亮了。
他内心的黑暗对我们始终是个谜。
衰老的人不在镜中仍然是衰老的,
而在老人中老去的是一个多么美的美少年!

美迫使用他为自己的孤立辩护,
尤其是那种受到器官催促的美。
紧接着美受到催捉的是篡位者的步伐,
是否一个死人在我们身上践踏他?

关于死亡,人只能试着像在梦里一样生活。
(如果花朵能够试着像雪崩一样开放。)

庞大的宫廷乐队与迷迭香的层层叶子
缠绕在一起,歌剧的嗓子恢复了从前的厌倦。

暴风雨像漏斗和漩涡越来越小,
它的汇合点直达一个帝国的腐朽根基。
正如双子星座的变体登上剑刃高处,
从不吹拂舞台之外那些秋风萧瑟的头颅。

舞台周围的风景带有纯属肉体的虚构性。
旁观者从中获得了无法施展的愤怒,
当一个死人中的年轻人被鞭子反过来抽打,
当他穿过血淋淋的统治变得热泪滚滚。

而我们也将长久地,不能抑制地痛哭。
对于我们身上被突然唤起的死人的力量,
天空下面的草地是多么宁静,
在草地上漫步的人是多么幸福,多么蠢。

1994.12.8

去雅典的鞋子

这地方已经呆够了。
总得去一趟雅典——
多年来,你赤脚在田野里行走。
梦中人留下一双去雅典的鞋子,
你却在纽约把它脱下。

在纽约街头你开鞋店,
贩卖家乡人懒散的手工活路,
贩卖他们从动物换来的脚印,
从春天树木砍下来的双腿——
这一切对文明是有吸引力的。

但是尤利西斯的鞋子
未必适合你梦想中的美国,
也未必适合观光时代的雅典之旅。
那样的鞋子穿在脚上
未必会使文明人走向荷马。

他们不会用砍伐的树木行走，
也不会花钱去买死人的鞋子，
即使花掉的是死人的金钱。
一双气味扰人的鞋要走出多远
才能长出适合它的双脚？

关掉你的鞋店。请想象
巨兽穿上彬彬有礼的鞋
去赴中产阶级的体面晚餐。
请想象一只孤零零的芭蕾舞脚尖
在巨兽的不眠夜踮起。

请想象一个人失去双腿之后
仍然在奔跑。雅典远在千里之外。
哦孤独的长跑者：多年来
他的假肢有力地敲打大地，
他的鞋子在深渊飞翔——

你未必希望那是雅典之旅的鞋子。

1995.2.9 于华盛顿

风筝火鸟

飞起来,飞起来该多好,
但飞起来的并非都举着杯子。

我对香槟酒到处都在相碰感到厌倦了。
这是春天,人人都在呕吐。

是呕吐出来的楼梯在飞翔,
是一座摩天楼从胃里呕吐出来。

生活的账单随四月的风刮了过去。
然后剃刀接着刮,五月接着刮。

是的,自由人的身体是词语做的,
可以随手扔进废纸篓,

也可以和天使的身体对折起来,
获得天上的永久地址。

鸟儿从邮差手里递了过来,
按照风的原样保持在吹拂中。

无论这是朝向剪刀飞翔的鸟儿,
印刷的、沿街张贴的鸟儿;

还是铁丝缠身的竹子的鸟儿,
被处以火刑的纸的鸟儿——

你首先是灰烬
然后仍旧是灰烬。

一根断线,两端都连着狂风。
救火车在大地上急驰。

但这壮烈的大火是天上的事情。
手里的杯子高高抛起。

没有人知道,飞翔在一人独醒的天空,
那种迷醉,那种玉石俱焚的迷醉。

1995.2.17

感 恩 节

1

从火星人的窗口看不出昨夜的雪
是真的在下,还是为蜜月旅行
搭的一片纸风景。这是感恩节,
死者动身去消化不良的火星,
赴生前的火鸡婚礼。相对论的时间
以冰镇和腌制两种速度迎风招展。

上帝是接线员,你可以从本地电话局
给外星人打电话。警车快得像刽子手
快追上子弹时转入一个逆喻,
一切在玩具枪的射程内。车祸被小偷
偷走了轮子,但你可以用麻雀脚
捆住韵脚行走,越过稻草人的投票

直接去见弹弓王。整体不过是

用少数人的零去乘任何多数,包括
鬼魂的多数。手铐将会铐上两次,
一次作为零,一次作为无穷多。
但双手总是能挣脱出来:你给了死者
一个舞台,却让台下的椅子空着。

本地人搬走了那些椅子。足球场
飞向按月付费的天空,没有守门员。
多么奇异的比赛:鸟儿碰到网
改变了飞翔的性质。鱼自动跃出水面
咬住修辞的饵。你是去火星旅行,
中途停下来垂钓。哦变化的风景

从一个女儿身变出了这么多
美人鱼,却从小不穿裙子,
宁可被穿裤子的云远远看作
舞蹈的水,一种踮起足尖的凝视,
高出变对不变的理解。没有人否定
完全地沉浸于感官之美是多么侥幸。

因为美总是带点孩子气。新婚之夜
新郎装扮成老人,真的就老了,

除非新娘从水仙花的摇曳

分离出一个皇后,或一只金丝鸟,

两者都带有手工制作的不真实之美,

却比真的还真,不受炼金术支配。

2

从帝国的时间表看不出小镇落日

是否被睡在闹钟里的加班小姐

拨慢了一小时。火星人的鞋子

商标上写着"中国造"。瞧那杂货老爹

他把玩具枪递给死人伸出的手,

轮到真枪时子弹打光了。剃了阴阳头

你才会去买帽子。这是感恩节,

海上升如苹果树,天空中到处是海水。

你一个猛子扎下去:这口气要憋

就憋个够,但不如换一口气从鸟类

飞入沙丁鱼罐头。你可以在鳕鱼身上

把自我像鱼刺一样吐出。海的肺活量

通过天线网透气。带插孔的处女夜

露出拇指般大小的秃头歌王，
他用力掐住歌剧的脖子。面包屑
撒向饥饿的广场，录音师从长枪
退出短枪：该怎样说服一个刺客
去听格伦·古尔德先生的左倾巴赫

而不是去听右撇子肖邦？如果钢琴家
是国王，他会不会在廉价成衣店推销
他的耳朵，那厌倦的、塞满了象牙
和水泥的耳朵？哦亲爱的，事情可笑
就可笑在连一只餐巾纸做的狗熊
也会哭，也会道晚安和珍重。

二者之一将广为人知：火车
有一个电动玩具的大男孩心脏，
车站却被扔出了太空，像方法论的鞋
至今没有落到皮鞋匠的头上。
重要的不是谁仍然在那里，而是
谁已经不在了。想坐下但没有椅子。

这是感恩节。失踪多年的新郎从火鸡
变出来，但新娘嫁给了鳕鱼。蜡烛

在灯火通明的水底世界用鳃呼吸，
火星人吹灭头脑里的微观事物。
多年来，你独自在地球上旅行。
没有人问：为什么不去火星？

1995.2.24

歌　剧

在天上的歌剧院坐下
与各种叫法的鸟儿坐在一起
耳朵被婴儿脸的春风吹挂在枝头

一百万张椅子从大地抛上星空
一百万人听到了天使的合唱队
而我听到了歌剧本身的死亡

一种多么奇异的寂静无声
歌剧在每个人的身上竖起耳朵
却不去倾听女人的心

对于心碎的女人我不是没有准备
合唱队就在身旁
我却听到远处一只游魂的小号

在不朽者的行列中我已倦于歌唱

难以挥别的美永续不绝

从嗓子里的水晶流出了沥青

我听到星空的耳语

从春天的无词歌冒出头来

百兽之王在掌声中站起

但是远远在倾听的并非都有耳朵

歌剧的耳朵被捂住

捂不住的被扔掉

有人把紧紧捂住的耳朵

遗留在空无一人的歌剧院

椅子从舞台升上天空

有人把耳朵从大地捡了回来

又把春天的狂喜递给下一代

——欢迎来到一百年后的废墟

1995.2.25

我们的睡眠,我们的饥饿

1

飨宴带着风格的垂涎升起。
侍者们在天空中站立了一夜,
没有梯子可以下来。
蜡烛的微弱光亮独自攀登。
那样一种高度显然不适合你,
当你试着从更高的饥饿去看待幸福。
幸福只是低低吹来的晨风,
弯腰才能碰到。

2

阴影比飨宴更低地低下来
等待豹子出现。豹子的饥饿
是一种精神上的处境,
拥有家族编年史的广阔篇幅,

但不保留咀嚼的锯齿形痕迹,
没有消化,没有排泄,
表达了对食物的敬意
以及对精神洁癖的向往。

3

蝙蝠的出现不需要天空。
蝙蝠紧贴蝙蝠飞来——
这混血的、经过伪装的飞行,
面目是从老鼠变来的,
但是肉体的其他部分
与我们白日所见的鸟类一致。
蝙蝠把阳光涂抹在底片上,加深
我们对睡眠和黑夜的依赖。

4

人在睡眠中发明了一些飞鸟,
一些好听的叫声,洁白的
松弛的羽毛。但它们只是
关于飞行的官方说法。

而蝙蝠没有白天的住处，

它的天空是一个地下天空，

能见度低于一支蜡烛。

吹灭目光，让灰烬安静地升起。

5

睡眠遮蔽睡眠有如蝙蝠收回翅膀。

你在某处呆着，起身离去的

是千里之外敲门的豹子，

它的饥饿是一座监狱的饥饿，

自由的门朝向武器敞开。

蝙蝠的天空在早晨消失了，

给大地留下深深刻画的失眠症，

擦亮了黑暗深处的钥匙。

6

你睡去时听到了神秘的敲门声。

是死者在敲门：他们想干什么呢？

在两种真相之间没有门可以推开。

于是你脱下鞋子与豹子交换足迹，

摘下眼镜给近视的蝙蝠戴,
并且拿出伤感的金钱让死者花。
你醒来时发现身上的锁链
像豹子的优美条纹长进肉里。

7

孑然一身站在大地上的人,
被天空中躺下的人重重压着。
躺下来的身体多少有些相似,
差异性如其他动物的皮毛
在睡眠中闪耀。一条羊毛毯子
从星空滑落下来,覆盖你的蝴蝶梦,
但梦中并没有一张床让你躺下。
你未必希望睡在天上。

8

多年来,你在等一顿天上的晚餐。
那些迟来的人从老式楼梯
走了上来,但没有椅子可以坐下。
对我们是合在一起的食物,

对豹子则是单独的。这是高贵的飨宴：
你点菜的时候用豹子的艰深语言。
如此博学的饥饿：你几乎
感觉不到饥饿，除非给它一点兽性。

9

食物简洁地升起。谁也不知道
你在晚餐中放了多少盐，
这是生活本身的秘密。
为什么人会在夜里感到口渴？
喝光了大地的水，就喝天上的。
下了一夜的雨需要嗓子和眼睛
来保存，需要一个水龙头来拧紧，
温柔地、细而小地流向羞耻心。

10

水聚集在一起泼都泼不掉。
大海溢出但我们的仓库和杯子
依然是空的。瞧这片大海，
它哪里在乎盛水的身子是含金的

还是朽木的。不要指望无边的幸福
能够为你保存小一些的幸福，
像龋齿中的黑色填充物那么小，
碰到了年深日久的痛楚。

11

牙痛的豹子：随它怎样去捕食吧，
它那辽阔的胃如掌声传开。
但这一切纯属我们头脑里的产物，
采取暴力的高级形式朝心灵移动，
仿佛饥饿是一门古老的技艺，
它的容貌是不起变化的
时间的容貌：食物是它的镜子。
而我们则依赖我们的衰老活到今天。

12

蝙蝠的夜晚是被颠倒的白昼。
在那样一种黑暗中看得很远，
回到光芒就会悲哀地瞎掉。
光芒在蝙蝠身上已经瞎了，

它睁开人类的眼睛

看待自己，视力隐入另一类自然。

作为一只鸟儿的老鼠在飞翔，

但老鼠天性中的鸟儿却失去了天空。

13

如果去赴晚餐，一定是在天上。

双手按下电钮让餐桌静静地升起，

但我们的饥饿真有那么高吗?

当豹子像烈酒一样忍受着丰收

和分配，当蝙蝠在墙上变成白色。

昨夜的雨是你多年前晒过的阳光。

太阳的初次销魂是一支蜡烛，

照耀没人在的卧室和厨房。

1995.3.7

国际航班

落日溶溶的窗外世界。
双语者,开花闭目。
一个怀有身孕的女教师在减压时
沉睡不醒,班机降落后,胎儿
仍然奇怪地逗留在天空中。

飞翔的含义越来越沉重,教科书
和坐椅被扔出了翅膀。
空姐在背单词:她家住缺水的省份,
从小站惯了。而身边的英国人,
即使椅子是虚拟的,也仍然坐着。
瞧那躺下不动的东方肚子——印度以外
还是印度,生育浩渺,有如恒河沙数。

物质起了波浪。
帝国英语和月亮碰出了瓷器
的声音。空姐在云层中隐隐听见

瓷的裂纹像下雪那么深。
软件大师蒙面而来,本地口音的
烟草味散布在格瓦拉的传记里,
武器被大大简化了。橡皮人
从北漂人的漫游移步甜而伤感的
纽约街头的一个旧书店,
避开了移民局的行文腔调。
墨水
从肉身流向笔尖。

泪滴是淬过火的,其内部
有着瑞士手表的精密齿轮,
表面被蛇爬过,这自相缠绕的时间,
这锈迹斑斑的感官世界。
"一种蓝色的地中海特性",希腊教授说。
而哥大教授把大学里的神学教堂
搬迁硬币的反面,
一度醉心于钟摆之美,在零售的莎翁
与庄子之间动摇不定。这是否
足以说明一个隐士,足不出户
却熟知老欧洲的旅行时刻表?
空姐在恐龙的腹地睡过了头,飞机

着陆时仍然待在过期签证上。

这是否
与纯属谣传的婴儿有关？
临盆之痛是无国界的。降落伞
已经被龙爪菊打开了一次，
但落花般的母亲只对飞翔有兴趣，
从不考虑降落。

与此同时，鸟类的语言与语音工程师
对上了口形。大小如一幅版画的天空，
因补笔而露出细若钨丝的枝条，
仿佛光的裂缝被精心考虑
之后，紧接着到来的内心黑夜
带有车床和老虎钳的性质，
不是语法——也不是几颗螺丝钉
所能固定的。网语的垂涎
像纪念碑那样竖立起来。汉语之殇
在英语老爹的脚上穿上了鞋子，
一种黑手党的旧式礼貌：
走路时故意有些跛。

有人从一记香蕉球的落点

看到自己的右脚,而球员的父亲

却天生是个左撇子。婴儿

真的诞生过吗?真的一半是在头等舱

生下来的,另一半在经济舱?

大地的源源活水被一只水龙头

拧紧了,但没用,没有滴水不漏的银行

户头。在拉萨,或在任何一个

曾经是拉萨的地方,

鸟儿真的把天空限制在两层楼以下?

班机在纽约降落,为什么不是北京?

1996.12.29

谁去谁留

黄昏,那小男孩躲在一株植物里
偷听昆虫的内脏。他实际听到的
是昆虫以外的世界:比如,机器的内脏。
落日在男孩脚下滚动有如卡车轮子,
男孩的父亲是卡车司机,
卡车卸空了
      停在旷野上。
父亲走到车外,被落日的一声不吭的美惊呆了。
他挂掉响个不停的行动电话,
对男孩说:天边滚动的万事万物都有嘴唇,
但它们只对物自身说话,
只在这些话上建立耳朵和词。
  男孩为否定物的耳朵而偷听了内心的耳朵。
他实际上不在听,
却意外听到了一种完全不同的听法——
那男孩发明了自己身上的聋,
他成了飞翔的、幻想的聋子。

会不会在凡人的落日后面

另有一个众声喧哗的神迹世界?

会不会另有一个人在听,另有一个落日

在沉落?

   哦踉跄的天空

大地因没人接听的电话而异常安静。

机器和昆虫彼此没听见心跳,

植物也已连根拔起。

那小男孩的聋变成了梦境,秩序,乡音。

卡车开不动了

     父亲在埋头修理。

而母亲怀抱落日睡了一会,只是一会,

不知天之将黑,不知老之将至。

         1997.4.12

时 装 街

　　从杂志封面看不出模特的腿
是染上香港脚的木头呢还是印度香
在旅途中形成的伦敦雾。海关在考虑美。
官员摘下豹纹滚边的墨镜：怎么连乌托邦
也是二手的？撕去封面后，模特的腿
还在原来那儿站着没动，只是两条
换成了四条。跛，在某处追上了跑。
　　那快嘴叫了辆三轮去逛时装街，
哦一气呵成的人称变化，满世界的新女性
新就新在男性化。穿得发了白的黑夜
在样样事情上留有绣花针。你迷恋针脚呢
还是韵脚？蜀绣，还是湘绣？闲暇
并非处处追忆着闲笔。关于江南之恋
有回文般的伏笔在蓟北等你：分明是桃花
却里外藏有梅花针法。会不会抽去线头
整件单衣就变成了公主的云，往下抛绣球？
　　云的裤子是棉花地里种出来的，转眼

被剪刀剪成雨：没拉链能拉紧的牛仔雨，
下着下着就晒干了，省了买熨斗的钱。
用来买鸭舌帽吗？帽子能换个头戴，
路，也可以掉过头来走：清朝和后现代
只隔一条街。华尔街不就是秀水街吗？

　　秧歌一路扭了过来。奇遇介乎咔其布
和石磨兰之间，只能用一种水洗过的语言
去讲述，一种晒够了太阳的语言。
但丝绸的内衣却说着从没缩过水的
吴侬软语——手纺的，又短了两寸的风
一寸一寸在吹：没女人能这般女人。

　　礼貌刚好遮住了膝盖，不过裙摆
却脱了线，会不会是缝纫机踩得太快？
你简直就不敢用那肺病般的甩干机
去甩你的湿衬衣。皱巴巴的天空
像是池塘里捞起来似的晾在那里，
晾干之后，叠起来放成一叠。
没有天空能高过鞋带，除非那鞋
系不紧鞋带，露出各种脚趾的手电光。

　　难怪出过国的小女人把马蹄铁
往脚后跟钉。在内地，她们嫌卫生脏，
手洗过的衣裳，又用洗衣机重新洗。

115

但月光是肥皂洗出来的吗？要是衣裳
是牛奶和纸做的衣裳，哦要是
女人们想穿但必须洗一遍才穿。

　　请准许美直接变成纸浆。是风格
登台表演的时候了，你得选择说"再见"
还是说"不"。美貌在何种程度上是美德，
又在怎样的叫好声中准许坏？没有美
能够剩下美。因为时间以子弹的精确度
设计了时尚，而空间是纯粹的提问，被
扳机慢慢地向后扣。美留有一个括弧，
包括好奇心，包括被瞄准的在或不在，
全都围绕神秘的"第一次"舞蹈起来。

　　而那也就是最后一次。想想美也会衰老
也会胃痛般弯下身子。夜晚你吃惊地看到
蜡烛的被吹灭的衣裳穿在月光女士身上
像飞蛾一样看不见。穿，比不穿还要少。
是不是男人们乐于看到那脱得精光的
教条的裸体？而毫不动心的专业摄影师
借助性的冲突，使一个冒名和替身的世界
像对焦距一样变得清晰起来。但究竟是
看见什么拍下什么，不是拍下什么
他才看到什么：比如，那假钞，那钥匙？

突然海关就放行了。哦如果
港台人的意大利是仿造的，就去试试
革命党人的巴黎。瞧，那意识形态的
皮尔卡丹先生走来了，以物质
起了波浪的跨国步伐，穿着船形领
或 V 字领的 T 恤衫。瞧那老派
殖民主义的全副武装，留够了清白
和体面，涂黑了天使，开口就讲黑话。
那敌我不分的黑，那男女同体的黑，
没有一个人能单独晒得那么黑。
　太阳呆着像个哑巴。

1997.5.3

毕加索画牛

接下来的两个星期毕加索在画牛。
那牛身上似乎有一种越画得多
也就越少的古怪现象。
"少,"艺术家问,"能变成多吗?"
"一点不错。"毕加索回答说。
批评家等着看画家的多。

但那牛每天看上去都更加稀少。
先是蹄子不见了,跟着牛角没了,
然后牛皮像视网膜一样脱落,
露出空白之间的一些接榫。
"少,要少到什么地步才会多起来?"
"那要看你给多起什么名字。"

批评家感到迷惑。
"是不是你在牛身上拷打一种品质,
让地中海的风把肉体刮得零零落落?"

"不单是风在刮,瞧对面街角
那间肉铺子,花枝招展的女士们,
每天都从那儿割走几磅牛肉。"

"从牛身上,还是从你的画布上割?"
"那得看你用什么刀子。"
"是否美学和生活的伦理学在较量?"
"挨了那么多刀,哪来的力气。"
"有什么东西被剩下了?"
"不,精神从不剩下。赞美浪费吧。"

"你的牛对世界是一道减法吗?"
"为什么不是加法?我想那肉店老板
正在演算金钱。"第二天老板的妻子
带着毕生积蓄来买毕加索画的牛。
但她看到的只是几根简单的线条。
"牛在哪儿呢?"她感到受了冒犯。

1998.9.17

一分钟,天人老矣

  一分钟后,自行车老了。
你以为穿裤子的云骑车比步行快些吗?
你以为穿裙子的雨是一个中学教员吗?
一分钟,能念完小学就够了。
一分钟北大,念了两分钟小学。
一分钟英文课,讲了两分钟汉语。
一分钟当代史,两分钟在古代。
半封建的一分钟。半殖民的一分钟。孔仲尼
或社会主义的一分钟。
一分钟,够你念完博士吗?
一小时,一学期,一年或一百年
  都在这一分钟里。
即使是劳力士金表也不能使这一分钟片刻停顿。
春的一分钟,上了发条就是秋天了。
要是思春的国学教授不戴瑞士表
戴国产表会不会神游太虚?
  一分钟后,的士老了。

公交车的一分钟，半分钟堵了一千年。

北京市的一分钟，半分钟在昌平县。

美国梦的一分钟，半分钟是中国造。

全球通的一分钟，半分钟就挂断了。

这喂的一分钟，HELLO 的一分钟。

　　　　　宇宙

在注册过的苹果里变小了，变甜了。

咬了一口的苹果，符合

本地人对全球化的看法。就这一点点甜，

苹果西红柿在里面，印度咖喱，意大利奶酪

全在里面了。

　　贝克汉姆也在里面。

一分钟辣妹，甜了半分钟。

一分钟快感，慢了半分钟。

一分钟 OK，卡拉了半分钟。

一分钟，歌都老了，不唱也罢。

但是从没唱过的歌怎么也老了?

叫我拿那些来不及卡拉

就已经 OK 的异乡人怎么办呢?

　　过了一分钟，火车老了。

　　又过了一分钟，航空班机也老了。

你以为一分钟的烤鸡翅

能使啃过的事物全都飞起吗?

一分钟,用来爱一个女人不够,

爱两个或更多的女人却足够了。

一分钟落日,多出一分钟晨曦。

一分钟今生,欠下一分钟来世。

一分钟,天人老矣。

2005.1.7

舒 伯 特

三千里浮花开在静谧如深海的肉身
落花里面的开花之轻，之痛
在玉的深处如瓷器般易碎

坐在铜和碎银子的光学信号里听佛身上的一场雪
佛怀抱里的灰尘安顿下来
词的初月尚未长出铁锈
夜色像刚刚挤过的柠檬一样发涩

而我们坐在一杯柠檬水里听舒伯特
坐在来世那么远的月色里听佛的咳嗽声
以为这就是现世
的至福

并且我们从舒伯特和佛的相对无言
听到了砧板上剁肉馅的声音
以为吃剩的饺子像婴儿一样会哭

即使是佛的心肠也不忍打扰这哭声

即使我们给了这些哭声一个不开花的开关

当落花的泛音从无氧铜泛起

当音乐会的固定座位被塞进一只手提箱

佛身上的他乡人

一起动了归心

鹤，止步于那些胎儿萌动的女人

坐在古代的子宫暗处

坐在底片那么黑的静谧里

一个拉大提琴的统治者和一个不拉的

其中一个仁慈些吗？

请允许我在不是我的那个人身上听舒伯特

从人体炸弹的恐惧深处听舒伯特

带着负罪感听舒伯特

念着孔子曰听舒伯特

请允许我从钢琴取出一具箜篌

从佛的真身取出一个虚无

听一个从未诞生的胎儿

弹奏他的父亲

听一百年前的独裁者弹奏前世今生

一个孤魂演奏的舒伯特

会是什么样子?

十分钟的孤独,他会弹上一百年吗?

要是我们从来就没有听过舒伯特呢?

2007.2.7

53 岁生日

1

等待一生的八月,九月之后才到来。
先秦的月亮,在弗尔蒙特升起。
一个退思,在光的星期五移动。
庄子朝我走来,
以离我而去的脚步。
云移的脚步,花开的脚步,邮政系统的脚步。

2

一封春秋来信,
至今没有投递到我的手上。
邮差在天空中飞来飞去。
地球那边,你在读信。
还没写的信,你已经读到了我。
一封我拆开了两次的信,你一次也没寄出。

一些预先开花的,将要破土的,空的声音。

3

电话里传来落花般的女高音。
那是你么,把花开到灯里去的声音?
打给 HELLO 的电话,接听的是一个喂。
喂的外面,中餐馆人声鼎沸,
一群食客饿坏了,但厨师是画师,
他将牛排画成水墨,端给看客吃。
一头观念的牛比真的更值钱吗?
刚断奶的单身母亲,把马克思
像奶嘴一样塞进婴儿嘴里,
阻止牛奶发出无产者的尖叫声。
而银行家用头脑里的提款机
一夜之间,提空了内心。

4

在金钱的声音被挂断之后,
诗的声音是什么?

一只神秘的手按下免提键。

现在，手机是广播，

全世界都在听这个声音。

李尔王能听到他的莎士比亚吗？

萨福的月亮，能从李白的月亮

听到庄子化蝶的风吹雪吗？

我能听到另一个我吗？

但在你的铃声响起之前，

只有无止境的，宇宙洪荒般的寂静。

5

可以用生日蜡烛点燃一个无我。

可以把明信片上的纸火焰

从古中国快递到黄昏的弗尔蒙特。

可以借蝴蝶夜的灰尘，轻盈一吹。

可以吹灭我的心。

心那么易碎，那么澎湃，可以和宇宙

构成一个尖锐，

一个小，无限大的极小。

一个53年的十亿光年。

6

如果只有一个过去,我就是这个过去。
如果我的现在有五百个过去,
那么一个现在我都没有。
你呢,你有第二个现在吗?
或许,你在你不在的地方,而我不是
我是的人。我有两个旧我,其中一个
刚刚新生:一个53岁的
吾丧我。

7

一条鱼躺在晚餐的盘子里,
被刀切过,被炉火烤过。
这是一个发生。
同一条鱼从河里游到电脑界面,
以超现实的目光看着我。
这也是一个发生。
人可以演奏鱼的音乐么,
从物种的同一性演奏出一个悖反?

比如，将盘子里的鱼演奏成厨师，
将水中鱼演奏成一个哲学家。
但是庄子在演奏更神秘的生命，
一条烤熟的鱼，在天空中游动起来。

8

宇宙是科学老人的玩具。
孩子们站在地球仪上要糖吃。
一个梦的工程师，转动这只地球仪，
并将乌托邦转手给天边外的鹤。
一只鹤，即使是纸的，也在天空中飞，
即使看起来像工程吊臂，也在舞蹈，
用足尖跐起心之鹤形。
庄子骋怀纵目，以鹤作为引导。
而你将鹤止步放进万马齐奔，
并以水仙般的鹤立，支起一个梦工地。

9

人置身于桃花源，桃花就凋落了。
拥有太多末日和诞生，时间就消失了。

痛，也消失了。一只电钻
在大地的龃齿上钻洞。
神经末梢的听觉之痛，将牙科诊所
安放在地球的寂静深处。
每天，钻头，在痛的深处加深几毫米。
要是再深一些，人心，就能深及地心，
喷泉般，喷涌出一个璀璨的地下天空，
一株天体物理的火树银花。

10

庄子的胡须在秋风中飘动。
这只是史蒂文斯头脑里的一个幻象。
我递过一个电动剃须刀。
现在，我们三个人的三个下巴
有了同一颗电池的心：时间转动，
反时间也在转动。庄子的月亮
被退回先秦。我每天使用剃须刀。
古代是我的现代，而我只是一个仿古。

11

驻足于隔世的月光，我等待你的足音，

等待一个刹那溢出终极性。

我真的到过弗尔蒙特吗?

一米之遥,人已在千里外的异乡。

夜空中,我看不见一棵松树,

但松果漫天掉落。生命

也这样掉落,像一只中国古瓮。

空,落地,我俯身拾起无限多的空。

每一片具体的碎片里,都有一个抽象。

词和肉体,已逝和重现,拼凑

并粘连起来,形成一个透彻。

世界回复最初的脆弱

和圆满,今夜深梦无痕。

但古瓮将又一次摔落。

2009.9.18

母亲,厨房

在万古与一瞬之间,出现了开合与渺茫。
在开合之际,出现了一道门缝。
门后面,被推开的是海阔天空。

没有手,只有推的动作。

被推开的是大地的一个厨房。
菜刀起落处,云卷云舒。
光速般合拢的生死
被切成星球的两半,慢的两半。

萝卜也切成了两半。
在厨房,母亲切了悠悠一生,
一盘凉拌三丝,切得千山万水,
一条鱼,切成逃离刀刃的样子,
端上餐桌还不肯离开池塘。

暑天的豆腐,被切出了雪意。
土豆听见了洋葱的刀法
和对位法,一种如花吐瓣的剥落,
一种时间内部的物我两空。
去留之间,刀起刀落。

但母亲手上并没有拿刀。

天使们递到母亲手上的
不是刀,是几片落叶。
医生拿着听诊器在听秋风。
深海里的秋刀鱼
越过刀锋,朝星空游去。
如今晚餐在天上,
整个菜市场被塞进冰箱,
而母亲,已无力打开冷时间。

2009.11.10

痒的平均律

痒没有波浪但到处都在涌起。
痒,它的大海,它的针尖。
痒从海鲜提炼出几只长腿蚊,
那种被烈日暴晒的刺绣
　　　　和探戈。
我没想到痒会带着人的气味
与动物悄悄接触。
痒的刺,是盐和雪,但甜如夏夜。
痒的蜂蜜,再痛一点就是女王。
痒的水果,能为青春储存水分,
但自身却是一个枯萎。
痒之难忍啊,一部分来自圣诗,
一部分是纯动作,在唇齿间施展花拳
　　　　绣腿。
痒没有手指,但浑身在抓挠。
痒没有嘴唇,但内部在咬噬。
被咬的空无,总是咬两次,

一次被火焰所咬,一次被冰。

  痒的辽阔

是用微观事物咬出来的。

我没想到小人国的牙齿

能从君王血统

咬出战争般的奴隶的绚烂。

奴儿身的梨花,也被咬成桃花,

这殖民政策的血疑和破绽。

还有那些丁香,痒不痒都开,

那些水仙,开不开都是痒的。

痒鲜艳如许,这忧郁的,热病的

  生命之旅啊。

痒了七年,时间已经不痒了,

税务官把妻子的报税单一撕两半,

外交官常年待在外省,统治乡愁和蚊子。

内阁的痒和乡政府的痒,区别何在?

痒都痒到天上去了,没有必要

  深耕大地。

但丰收之痒已深深抵达歉收。

人啊,把痒的种子从肉身取出来,

放到头脑里去,放到云深处。

我没想到痒是那么激动,

爱欲的奔马，踏着痒，绝尘而去。

一点血红，竟如此山青水绿。

痒的花样年华，只为异乡人

   绽放，

似乎本地的痒之花不值得一开。

痒的灯，不是遥控器能关掉的，

因为痒的黑暗，是太初的黑暗。

痒的锁心，坏了，谁也打不开它。

痒腻透了笑的人生，但又不会哭，

只好坐到笑的深处去坐隐，

去安顿肉身世界的神经兮兮。

   痒的过错啊

请不要理会哲学的纠正。

为痒做意识形态的切除术？

让哈姆雷特主刀？他自己也痒呢。

蚊子大人，这嘉年华的吸血鬼，

咬了莎士比亚一口，又去咬孔夫子。

痒过留痕：这带刺的思想，

这乡音和古训的遗留物。

真正猛烈的不是痒的疾风骤雨，

   而是

随之而来的无声无息。

痒是听不见的,除非亡灵也在听。

痒:它的合唱,它的伴唱,

以及它月光般的沉默。

痒的太阳,从植物根部升了上来,

带着火箭的燃料和灰烬,

带着男低音的幽暗胸腔。

但在追光下,痒是一个小女孩,

   在跳舞。

她踮起足尖,增高了痒的海拔,

又踮起高跟鞋,但还是够不着花露水。

怕痒的药剂师发明了花露水,

却发现自己再也痒不起来。

痒的影子,比抓痒的真身更懂痒。

要是女儿无法止痒,就让母亲更痒。

  痒以为

史料被咬出了奇香,咬出了玉。

但被咬的不是你的今生,

是你的古代,是比童话还小的你。

痒就像公主与王子相对而痒,

两个痒在时间之外对秒,也不知

   今夕何年。

昨夜,你半夜被咬醒,

伸手就是啪的一下，也不问

那是今夜的，还是来世的痒。

今夜和来世，像两个巴掌拍在一起。

我没想到痒会幽灵般逃走，但又

   留在人体内。

痒的流星雨，像箭矢，漫天射落。

我们坐在痒的酒吧，听雨，听巴洛克。

巴赫坐在星空中，弹奏管风琴之痒。

但今夜痒怎么听都欠缺肉体感，

因为调音师不知道什么是痒。

2009.12.28

梦见老虎

女人像猫一样有九条命

其中一条给了老虎

她们被老虎身上的总括力

    迷住了

把家搬到丛林深处

把床挪到睡眠之外

把浴盆放在枯山水之间

夜里　她们躺在星空下

直接梦见老虎

    要是老虎

因为被梦见而奔跑起来

美洲会小得像迪斯尼乐园

而少了一条命的猫

以波斯的一票　否决了丛林法则

似乎老虎的命是从亚洲捡来的

死了九次　还活得像是

    第一次

普拉斯用猫的九条命

去换武松身上的活老虎

但那不过是

一只活生生的

   死老虎

死亡剩下的东西

把老虎的命缩小得像猫

而被猫吃剩的东西

从近东　被扔到远东

裁缝取走了虎皮

郎中取走了虎骨

强盗取走了虎胆

官吏取走了虎牙

(为了更深地咬住这个世界

   的咽喉)

大地上最后一个男人

已没有一丝老虎的气息

他们嗓子里的虎啸

被沥青和蟋蟀声盖过

   而老虎本人

耸了耸战争的肩膀

在和平条约里签上猫的名字

然后去打高尔夫　去吸毒　去上网

去为虚无建立一个跨国公司

　　　多好的命名

雅虎　布老虎　跳跳虎

连女人也认可它的雅皮

　　　和礼貌

要想君王般谈论老虎变得困难了

所以你们奴隶般谈论它

宠物般　给瓷器上釉般

谈论一只非老虎

仿佛它从未在非洲原野上

　　　狂奔过

仿佛狂奔之虎纯属谣传

它的前爪正伸进一双耐克鞋

它的骨节变成了轴承

它的内脏嵌入一个吸尘器

像玲珑漏空的美国梦

　　　而它的伤口

如树枝上的樱桃　新鲜动人

（再给它几天加州的太阳吧）

当万箭穿心的老虎世界

像猫背一样弓起

女人心
安静得有些异样
大地上最后一只猫咪
在老虎的天鹅绒怀抱中
　　躺下
老虎身体里的古玉
使女士们　动了冰雪心
她们的儿子照猫的样子画虎
她们的丈夫在马背上骑虎
她们的父亲用天狼星射虎
　　而她们自己
因老虎的出现而窒息
感到幸福正慢慢围拢　慢慢坍塌
　　　像危险一样
但在危险和坍塌的最高处
老虎已消失不见
大地上最后一只老虎啊
是假新闻和老照片合成的
它已不再吃人　不再被梦见
而人们也已忘记对它说声
谢谢

2010.1.23

万古销愁

那把猖狂放到隐忍和克服里去的是什么？

那洞悉真理却躲在伪善后面的，是什么？

那见悬崖就纵身一跳，见眼睛就闭上的，是什么？

那因流逝而成为水的，那总是在别处，咫尺之近

   但千里远的，究竟是什么？

与你相遇的不是我，也不是非我。

对一秒钟的万古说去吧，离我而去吧。

对最后一丝愤怒说平静下来吧。

对机器哈姆雷特说活过来，和人互换生死吧。

对一夫一妻制说请用阴唇歌唱嘴唇。

对独裁者说奴役我吧但请先学会拉巴赫，

   用大提琴拉。

对中产阶级说听巴洛克还是爵士乐悉听尊便。

对资产阶级说请闭上眼睛听钢琴。

对自由说亲爱的我拿你往哪儿搁呢？

对牙科医生说痛的不是牙齿，是心。

对杀人犯说杀了我吧，连同反我，连同我身上的死人和上帝

一起杀。

见刀子就戳，见梦就做，见钱就花。

花红也好，花白也好，都是花旗银行的颜色。

见花你就开吧。花非花也开。

而花心深处，但见花脸，花腔，不见一缕花魂。

见杯子就两两相碰吧。空对空也碰。

一碰就碎

你也碰。

酒不必酿造。粮食不必丰收。文章不必写。

　　官呢，官也不必做吗？

见女儿你就生吧。用水，用古玉和子宫生。

一个子宫不够，就用五个子宫生。

母亲不够生，就用奶奶外婆生。

女人不够生，就让男人一起生。

想叫你就叫出来吧，人的肺腑叫没了，就把狼群掏出来叫。

痛不够叫，就用止痛片叫。

扔掉助产士，扔掉产房，要生就生在旷野上。

但那用房子造出来，而不是子宫生的，是谁的婴儿？

　　谁把她建造得像摩天大楼？

是用一万年乘一次电梯，还是让十分钟的雪下一万年？

下雪时，你不在雪中，但雪意会神秘地抵达，像黑暗一样。

把手伸进阳光，你会触碰到这黑暗，这雪，

145

这太息般的寒冷啊。

十分钟的古往今来。

   这样的万古销愁,是你要的吗?

2010.1.27

江 南 引

前世的花,能开出今生这片月光吗?
一朵花,暗藏起自己的天姿,
把大城市塞进小村庄去绽开。
北漂的人,不写江南文章,
因为花的眼,睁眼一看是个盲人。
月光,上釉般覆盖大地的失眠夜。
　　这漫漫长夜呵,
一对男耕女织的书生,
走出经济学的魅惑,驻步六朝,
对建安七子说:前世并非先于来世,
　　而是紧随今生之后。
词与肉身相互催促,推迟了时限。
这读秒的古代,能拿它当花开吗?
一朵水仙,偏要开在睡莲里,
一个春药般的男人,一纸春色,
偏要问:春风怎么吹才不绿?
　　心,有的是时间把自己变小。

新人深及旧爱，但你的手怎么伸出
也无手。是谁，潋滟地掏出户口本，
以为你不是你曾是的那人，
那个思想的走私犯，那个酗酒者，
那个对花粉过敏的园艺师？
人呵，怎么才能成为自己身上的陌生人？

  眼前这片小农经济混沌未开，
这片水泥的大海一直铺到书桌上，
沥青的波浪，因水墨而散了怀抱。
会计在刀锋上等着卷刃的全球化。

  但是，人的痛在哪里呢？
这针尖的痛，没它，人凭什么飞翔？
凭什么，如此壮阔地自我赞美，
却又更彻底地自我反对？

  古代路过当代，朝橱窗里
望了望：模特可真多，但美人安在？
锦绣文章，笔法和刀法如旧。
沿街的墙上，孔雀被用来涂鸦，
海豚把女高音的嗓子抖了出来，
夜莺，努力想唱得像一只夜莺，
  忘记自己本来就是。

脸一脚踩空之后，突然转过背影，

但那还是一个背影。

若非落花，如何开出真花？

花开到最后是一颗人心。

不开心的，也就开败了肉身。

如果众花打不开自己，就成了小五金：

词的合金，以及教育的螺丝钉。

大千世界，数到一百还是缺少一。

  睡在这朵睡莲里的不是你，

醒来的也不是：除非此身是个天外身。

灵魂如此纯洁，不知去往何方。

然而，不纯洁挺好，挺迷人的，

  不一定非要纯洁。

去火星吗？海棠花被桃花开错了地方，

还有什么一错再错的女儿身值得一开？

花的衣裳鲜艳动人，还嫌不够穿么，

非要把江南布衣穿上真身，

非要穿出那样一种手工味道，

  针脚的味道，虫子咬过的味道。

花的苦行：它的吸引力

在于不知落在谁的手上。

它孤独地闪光。

而我拾起落叶这柄孤剑,

刺入无边的暮色。

2011.5.26

茶事 2011

光,缩了缩水:云的袖子短了。
这山高水远的绿袖子呵,
所有在舌尖上变得嫩绿的物种,
都被小女子的手搓揉过。
满山卷舌音,卷起几片树叶,
在水中,片面张开自己。
底片,已冲洗不出照片。
山河旧了,一碰水又甜了,
　　　　甜得有点苦。
水的天,倒插在光的万花筒。
窗景,邮政般融入暮色,但终未
投递到星空。
真静呵,连心动和灰尘
　　　　都嫌扰乱。
云的五官,以刻刀的刀法看,像水,
被干旱保存在雪山之巅,
但几缕阳光,就晒得肉身全无。

掉下些时光碎片，其中一片
　　　　　是谷雨。
隔夜的消息，被用来打听隔世。
袋泡茶，从星际旅行箱扔了出来，
但还是有人偷偷溜出时间，
在陆羽身边落座，把茶经
　　　　　讲给新闻主播听。
福建人从各省的拆迁户
弄来几把老椅子，往北京一搁。
几个老字号，把牌匾挂在修远处。
茶，是万古事，能在星巴克喝么。
　　　　　近乎可耻地心有所动，
并且，肮脏地闯进光的搂抱。
晒够了太阳，天开始下雨。
起初沏茶的水就足够下，
　　　　　但越下越大，
鄱阳湖和太湖开始漏水。
添砖加瓦的水，只有葛洲坝在涨。
而蒸馏水在小女孩眼里闪动，
　　　　　像灯笼提在手上。
如此忧郁的茉莉花气息呵，
把杯子里的鱼群吹得高出海水。

如果镶了边的落叶既非鱼唇，
也非雀舌，坐在水上的声音
   也许是竹子。
就这么从武夷山到秦淮河
移步换景，青山绿水喝下来，
即使春风万般吹也是一叶知秋，
即使西子湖被喝得空杯见底，
也得把三峡的水吐出来，
因为诸神渴了，土地也大片大片
   龟裂。
这茶，得和咖啡换一换水喝。
因为在龟的背上，水慢慢变硬，
慢慢变成固体，变成易燃物。
网，慢慢收拢，慢慢提上水面。

  射手座

出水即成弓状，
但无人知道挽弓手何在。
而烤熟的鱼待在盘子里
就像待在水里一样是活的，
它不怕火，因为烧过的陶瓷
   有成千的隔火层。
茶师傅在一个人身上

对饮成两个人，一死一生。

也不问谁去了，谁还坐在那儿

以云的样子喝功夫茶。

    但怎么喝都像是盖碗茶。

入口处，悬搁着一个不眠。

水洗去时间的味道，

褪尽火气和地气。

等了上百年，茶才沏好，

却未必会去山顶喝。

2011.7.11

苏 小 小

偷心的男人,以苏小小的名字
去叫每一个不是她的女人
80后的女孩,以她的样子长大
嫁人时,想要长回自己的原样
却忘记这个原样是谁的

年老后,她们拿科幻脸的苏小小
往自己的脸上长。美,倒过来生长
晚景和童年在某处相遇
彼此置换了时空。每个女人的原貌
被换掉,换成千人一面

就这么拿苏小小的脸往自己脸上长
肉体长不出来的,就拿液体长
拿那些化学成分往脸上一喷
然后,以一代情色男的眼睛
回看自己,从单反镜头看

那样一个苏小小是会把眼睛看坏的
因为美在起源处,以一道幽灵目光
紧盯着现世。没人去查死者的银行账目
即使存入的古币全是伪币
里面的时间也是活的

一生存钱的女人真的有过原生
和原貌,而花钱的女人真的都是
苏小小吗?以金融海归男的来头看
外汇小美人即使不攒古币
也一副古为今用的样子

在南齐,男人把时间的本质
铸造到钱币里,将苏小小赎身出来
但不是每个替身都古色古香
怀孕的女人和分娩的女人
相隔千年,却生下同一个女儿

为这个90后的女儿寻找父亲
是徒劳的。苏小小伸出小羊的爪子
碰了碰男人身上的那匹独狼

谁也不否认,她从男人的孤独
提取了男女同体的全副武装

但提取出一座金矿又能怎样
存入黄金的,早已千金散尽
而云的怀里,坐着大片大片的鸟儿
千呼万唤的苏小小呵,你真的在飞
真的摇身一变,成了一个千禧后?

在西子湖畔,古人为本地抽象
造了一个苏小小墓。今人以为自己
看见了苏小小,其实连范冰冰
也不是。星相术拿红颜和青春
两相辜负,然后两忘

易容的女人从未见过苏小小
却以她的样子拍下证件照
并且,以片片飞去的人面桃花
对时间犯下最美丽的罪恶
哦花心的男人,请全球通缉苏小小

2012.3.17 北京

凤　凰

1

给从未起飞的飞翔

搭一片天外天，

在天地之间，搭一个工作的脚手架。

神的工作与人类相同，

都是在荒凉的地方种一些树，

炎热时，走到浓荫树下。

树上的果实喝过奶，但它们

更想喝冰镇的可乐，

因为易拉罐的甜是一个观念化。

鸟儿衔萤火虫飞入果实，

水的灯笼，在夕照中悬挂。

但众树消失了：水泥的世界，拔地而起。

人不会飞，却把房子盖到天空中，

给鸟的生态添一堆砖瓦。

然后，从思想的原材料

取出字和肉身,

百炼之后,钢铁变得袅娜。

黄金和废弃物一起飞翔。

鸟儿以工业的体量感

跨国越界,立人心为司法。

人写下自己:凤为撇,凰为捺。

2

人类并非鸟类,但怎能制止

高高飞起的激动?想飞,就用蜡

封住听觉,用水泥涂抹视觉,

用钢钎往心的疼痛上扎。

耳朵聋掉,眼睛瞎掉,心跳停止。

劳动被词的膂力举起,又放下。

一种叫做凤凰的现实,

飞,或不飞,两者都是手工的,

它的真身越是真的,越像一个造假。

凤凰飞起来,茫然不知,此身何身,

这人鸟同体,这天外客,这平仄的装甲。

这颗飞翔的寸心啊,

被牺牲献出,被麦粒撒下,

被纪念碑的尺度所放大。
然而,生活保持原大。
为词造一座银行吧,
并且,批准事物的梦幻性透支,
直到飞翔本身
成为天空的抵押。

3

身轻如雪的心之重负啊,
将大面积的资本化解于无形。
时间的白色,片片飞起,
并且,在金钱中慢慢积蓄自己,
慢慢花光自己。而急迫的年轻人
慢慢从叛逆者变成顺民。
慢慢地,把穷途像梯子一样竖起,
慢慢地,登上老年人的日落和天听。
中间途经大片大片的拆迁,
夜空般的工地上,闪烁着一些眼睛。

4

那些夜里归来的民工,

倒在单据和车票上,沉沉睡去。
造房者和居住者,彼此没有看见。
地产商站在星空深处,把星星
像烟头一样掐灭。他们用吸星大法
把地火点燃的烟花盛世
吸进肺腑,然后,优雅地吐出印花税。
金融的面孔像雪一样落下,
雪踩上去就像人脸在阳光中
渐渐融化,渐渐形成鸟迹。
建筑师以鸟爪蹑足而行,
因为偷楼的小偷
留下基建,却偷走了它的设计。
资本的天体,器皿般易碎,
有人却为易碎性造了一个工程,
给它砌青砖,浇铸混凝土,
夯实内部的层叠,嵌入钢筋,
支起一个雪崩般的镂空。

5

得给消费时代的 CBD 景观
搭建一个古瓮般的思想废墟,

因为神迹近在身边,但又遥不可及。
得给人与神的相遇,搭建一个
人之境,得把人的目力所及
放到凤凰的眼瞳里去,
因为整个天空都是泪水。
得给"我是谁"
搭建一个问询处,因为大我
已经被小我丢失了。
得给天问,搭建鹰的独语,
得将意义的血肉之躯
搭建在大理石的永恒之上,
因为心之脆弱有如纹瓷,
而心动,不为物象所动。

6

人类从凤凰身上看见的
是人自己的形象。
收藏家买鸟,因为自己成不了鸟儿。
艺术家造鸟,因为鸟即非鸟。
鸟群从字典缓缓飞起,从甲骨文
飞入印刷体,飞出了生物学的领域。

艺术史被基金会和博物馆

盖成几处景点，星散在版图上。

几个书呆子，翻遍古籍

寻找千年前的错字。

几个临时工，因为童年的恐高症

把管道一直铺设到银河系。

几个乡下人，想飞，但没机票，

他们像登机一样登上百鸟之王，

给新月镀铬，给晚霞上釉。

几个城管，目送他们一步登天，

把造假的暂住证扔出天外。

证件照：一个集体面孔。

签名：一个无人称。

法律能鉴别凤凰的笔迹吗？

为什么凤凰如此优美地重生，

以回文体，拖曳一部流水韵？

转世之善，像衬衣一样可以水洗，

它穿在身上就像沥青做的外套，

而原罪则是隐身的

或变身的：变整体为部分，

变贫穷为暴富。词，被迫成为物。

词根被银根攥紧，又禅宗般松开。

落槌的一瞬,交易获得了灵魂之轻,
用一个来世的电话取消了现世报。

7

人是时间的秘书,搭乘超音速
起落于电话线两端:打电话给自己
然后到另一端接听。但鸟儿
没有固定电话。而人也在
与神相遇的路上,忘记了从前的号码。
鸟儿飞经的所有时间
如卷轴般展开,又被卷起。
三两支中南海,从前海抽到后海,
把摩天楼抽得只剩抽水马桶,
把鹤寿抽成了长腿蚊。
一点余烬,竟能抽出玉生烟,
并从水泥的海拔,抽出一个珠峰。

8

升降梯,从腰部以下的现实
往头脑里升,一直上升到积雪和内心

之峰顶,工作室与海

彼此交换了面积和插孔。

一些我们称之为风花雪月的东西

开始漏水,漏电,

人头税也一点点往下漏,

漏出些手脚,又漏出鱼尾

和屋漏痕,它们在鸟眼睛里,一点点

聚集起来,形成山河,鸟瞰。

如果你从柏拉图头脑里的洞穴

看到地中海正在被漏掉,

请将孔夫子塞进去,试试看

能堵住些什么。天空,锈迹斑斑:

这偷工减料的工地。有人

在太平洋深处安装了一个地漏。

9

铁了心的飞翔,有什么会变轻吗?
如果这样的鸟儿都不能够飞,
还要天空做什么?
除非心碎与玉碎一起飞翔,
除非飞翔不需要肉身,

除非不飞就会死：否则，别碰飞翔。
人啊，你有把天空倒扣过来的气度吗？
那种把寸心放在天文的测度里去飞
或不飞的广阔性，
使地球变小了，使时间变年轻了。
有人将飞翔的胎儿
放在哲学家的头脑里，
仿佛哲学是一个女人。
有人将万古交给人之初保存。
有人在地书中，打开一本天书。

10

古人将凤凰台造在金陵，也造在潮州，
人和鸟，两处栖居，但两处皆是空的。
庄子的大鸟，自南海飞往北海，
非竹不食，非泉不饮，非梧桐不栖，
不知腐鼠和小官僚的滋味。
李贺的凤凰，踏声律而来，
那奇异的叫声，叫碎了昆仑玉，
二十三根琴弦，弹得紫皇动容，
弹断了多少人的流水和心肠。

那时贾生年少,在封建中垂泪,
他解开凤凰身上的扣子,
脱下山鸡的锦缎,取出几串孔雀钱,
五色成文章,百鸟寄身于一鸟。
晚唐的一半就这样分身给六朝的一半,
秋风吹去尘土,把海吹得直立起来,
黄河之水,被吹作一个立柱。
而山河,碎成鸟影,又聚合在一起。
以李白的方式谈论凤凰过于雄辩,
不如以韩愈的方式去静听:
他从颖师的古琴,听到了孤凤凰。
不闻凤凰鸣,谁说人有耳朵?
不与凤凰交谈,安知生之荣辱?
但何人,堪与凤凰谈今论古。

11

郭沫若把凤凰看作火的邀请。
大清的绝症,从鸦片递给火,
从词递给枪:在武昌,凤凰被扣响。
这一身烈火的不死鸟,
给词章之美穿上军装,

以迷彩之美，步入天空。

风像一个演说家，揪住落叶的耳朵，

一头撞在子弹的繁星上。

一代凤凰党人，撕开武器的胸脯，

用武器的批判撕碎一纸地契。

灰烬般的火凤凰，冒着乌鸦的雪，深深落下。

如果雪不是落在土地的契约上，

就不能落在耕者的土地上，

不能签下种子的名字。

如果词的雪不是众声喧哗，

而是嘘的一声，心，这面死者的镜子，

将被自己摔碎。而在准星上，猎手

将变得和猎物越来越像。

12

历史课被一枚硬币抛向天空，

至今没有落地：教授们

会一直待在云深处吗？

列宁和托派，谁见到过凤凰？

革命和资本，哪一个有更多乡愁？

用时间所屈服的尺度

去丈量东方革命，必须跳出时间。

哦，孤独的长跑者

像一个截肢人坐在轮椅上，

感觉深渊般的幻肢之痛

有如一只黑豹，仍然在断腿上狂奔。

蹉跎的时空之旅，结束在开端。

有人在二十一世纪，读春秋来信。

有人在北京，读巴黎手稿。

更多的人坐在星空

读《资本论》。

"读，就是和写一起消失。"

13

孩子们在广东话里讲英文。

老师用下载的语音纠正他们。

黑板上，英文被写成汉字的样子。

家长们待在火柴盒里，

收看每天五分钟的国际新闻，

提醒自己——

如果北京不是整个世界，

凤凰也不是所有的鸟儿。

十年前，凤凰不过是一台电视。

四十年前，它只是两个轮子。

工人们在鸟儿身上安装了刹车

和踏板，宇宙观形成同心圆，

这 26 吋的圆：毛泽东的圆。

穿裤子的云，骑凤凰女车上班，

云的外宾说：它真快，比飞机还快。

但一辆自行车能让时间骑多远，

能把凤凰骑到天上去吗？

14

然后轮到了徐冰。瞧，他从鸟肺

掏出一些零配件的龙虾，

一些次第的芯片，索隐，火力，

（即使拆除了战争，也要把凤凰

组装得像一支军队）。

他从内省掏出十来个外省

和外国，然后，掏出一个外星空。

空，本就是空的，被他掏空了，

反而凭空掏出些真东西。

比如，掏出生活的水电，

但又在美学这一边,把插头拔掉。
掏出一个小本,把史诗的大部头
写成笔记体:词的仓库,搬运一空。
他组装了王和王后,却拆除了统治。
组装了永生,却把它给了亡灵。
组装了当代,却让人身处古代。
这白夜的菊花灯笼啊。这万古愁。
这伤痕累累的手艺和注目礼。
凤凰彻悟飞的真谛,却不飞了。

15

李兆基之后,轮到了林百里。
鹤,无比优雅地看着你,
鹤身上的落花流水
让铁的事实柔软下来。
凤凰向你走来,浑身都是施工。
那么,你会为事物的多重性买单,
并在金钱的匿名性上签名吗?
无法成交的,只剩下不朽。
因为没人知道不朽的债权人是谁。
与不朽者论价,会失去时间,

而时间本身又过于耽溺。

慢，被拧紧之后，比自身快了一分钟。

对表的正确方式是反时间。

一分钟的凤凰，有两分钟是恐龙，

它们不能折旧，也不能抵税。

时间和金钱相互磨损，

那转身即逝的，成为一个塑造。

16

然后，轮到了观者：众人与个别人。

登顶众口之言无足轻重，

一人独语，又有些孤傲。

人，飞或不飞都不是凤凰，

而凤凰，飞在它自己的不飞中。

这奥义的大鸟，这些云计算，

仅凭空想，不可能挪移乾坤。

飞向众生，意味着守身如一。

因此，它从先锋飞入史前物种，

从无边的现实飞入有限，

把北京城飞得比望京还小，

一个国家，像一片树叶那么小。

陆宽和黄行,从鸟胎取出鸟群,

却不让别的人飞,他们自己要飞。

17

然后,轮到人类以鸟类的目光

去俯瞰大地的不动产:

那些房子,街道,码头,

球场和花园,生了根的事物。

一切都在移动,而飞鸟本身不动。

每样不飞的事物都借凤凰在飞。

人,不是成了鸟儿才飞,

而是飞起来之后,才变身为鸟。

不是飞鸟在飞,是词在飞。

所谓飞翔就是把人间的事物

提升到天上,弄成云的样子。

飞,是观念的重影,是一个形象。

不是人与鸟的区别,而是人与人的区别

构成了这形象:于是,凤凰重生。

鸟类经历了人的变容,

变回它自己:这就是凤凰。

它分身出一个动物世界,

但为感官之痛，保留了人之初。

痛的尖锐

触目地戳在大地上，

像一个倒立的方尖碑。

18

为最初一瞥，有人退到怀古之思的远处。

但在更远处，有人投下抽丝般的

逝者的目光。神的鸟儿，

飞走一只，就少一只。

但凤凰既非第一只这么飞的鸟，

也非最后一只：几千年前，

它是一个新闻，被《尔雅》描述过。

百代之后，它仍然会是新闻，

因为每个时代的新闻，都只报道古代。

那么，请将电视和广播的声音

调到鸟语的音量：听一听树的语言，

并且，从蚜虫吃树叶的声音

取出听力。请把地球上的灯一起关掉，

从黑夜取出白夜，取出

一个火树银花的星系。

在黑暗中，越是黑到深处，越不够黑。

19

凤凰把自己吊起来，

去留悬而未决，像一个天问。

人，太极般点几个穴位，把指力

点到深处，形成地理和剑气。

大地的心电图，安顿下来。

天空宁静得只剩深蓝和深呼吸，

像植入晶片的棋局，下得斗换星移，

却不见对弈者：闲散的着法如飞鸟，

落子于时间和棋盘之外。

不飞的，也和飞一起消失了。

神抓起鸟群和一把星星，扔得生死茫茫。

一堆废弃物，竟如此活色生香。

破坏与建设，焊接在一起，

工地绽出喷泉般的天象——

水滴，焰火，上百万颗钻石，

以及成千吨的自由落体，

以及垃圾的天女散花，

将落未落时，突然被什么给镇住了，
在天空中
凝结成一个全体。

2012.3.3

黄山谷的豹

> 谢公文章如虎豹,
> 至今斑斑在儿孙。
>
> ——黄庭坚

1

——脚步在 2011 年的北中国移动,
鞋子却遗留在宋朝。
赤脚穿上云游的鞋,
弯下腰,系紧流水的鞋带。
先生说:鞋带系成流水的样子
　　　　是错的。
应该系成梅花,或几片雪花。

2

一只豹,从山谷先生的诗章跃出。

起初豹只是一个乌有，借身为词，
想要获取生命迹象，
获取心跳和签名。

3

先生说：不要试图寻找豹。
豹会找你的。
即使你打来电话它也不接，
也没人打电话给一只豹。

4

有人脱下皮鞋，换上耐克鞋。
先生说：别以为穿上跑鞋，
会跑得比豹子快。

5

梦中人丢魂而逃。
我分身给影子，以为剩下的半我
跑起来会轻快些，

抖落一些物的浮华
    和心的负重。
但影子深处又涌出第二个,第三个
……成千的影子。
它们索要词的真身。

6

有人一起跑就行,快慢都行,
而我刚好是慢的那个。
在网上商店,我问售货员:
有没有比豹快的鞋子?

7

人在这个世界上奔跑真是悲哀。
往哪儿跑,哪儿都塞车。
即使在外星空跑
也能闻到警车和加油站的气味。
交警给词的加速度开罚单,
而豹,拒绝在罚单上签名。
在证件照上,豹看不见自己。

8

路漫漫兮。

给我一百个肺我也跑不动了。

豹,把人类的肺活量跑光了。

时间被它跑得又老又累,

电和石油,被它跑漏了。

词,即使安上车轮也跑不过豹。

9

时间的形象

在豹身上如石碑静止不动。

众鼠挣脱碑文,卷土而去,

带着连根拔的小农经济,

和秋风里的介词胡须。

10

猫鼠一体,握住小官吏的
        刀笔。

如此多的腐鼠和硕鼠

抱成陶瓷的一团,

以一碗水,偷一片天空,

偷吃清汤挂面的水中月。

但碗里的水没有保持海平面,

天空泼溅出来,

   摔碎在地上。

镜子的声音,听不见世外。

11

老鼠以为豹在咬文嚼字。

但借雪一听,并无消融的声音。

因为豹在听力深处

埋有更深邃的盲人耳朵。

草书般的豹纹,像幽灵掠过条形码,

布下语文课的秋水平沙。

12

几个小学生用鼠标语言,

坐在云计算深处

与山谷先生对谈。

先生逢人就问：有写剩的宿墨吗？

仿佛古汉语的手感和磨损

可以从一纸鱼书寄过来，

从少年人的迫切脚步

快递给高处的一个趔趄。

先生的手，叠起一份晚报。

13

器物的折旧，先于新闻的折旧。

豹，嗅了嗅白话文的滋味，

以迷魂剑法走上招魂之途，

醉心于万物的蝴蝶夜。

毫不理会

众鼠的时尚。

14

豹，步态如雪，

它的每一寸移动都在融化，

但一小片结晶就足以容身。

一身轻功,托起泰山压顶。

15

豹,不知此身何身。
要么从电的插头
拔出一个沧海横流,
肉身泥沙俱下。
要么为眼泪造一个水电站,
一脸大海,掉头而去。

16

有人转身,看见了浩渺。
泪滴随月亮的圆缺
变大或变小。

17

有人一生都在追逐什么。
有人,追逐什么,就变成什么。
而我的一生被豹追逐。

我身体里的惊恐小鹿

在变作鸟类高高飞起之前，

在嵌入订婚戒指之前，

在变作纸币或选票被点数之前，

  会变身一只豹吗？

18

我能把文章写得像豹吗？

写，能像豹那么高贵，迅捷，

  和黑暗吗？

19

它就要追上我了，这只

古人的豹，词的豹，反词的豹。

它没有时间，所以将时间反过来跑。

它没有面孔，所以认不出是谁。

它没有网址，所以联系不上它。

20

波浪跑起来不需要鞋子。

豹身上的滚滚尘土卷起刀刃，

云剁去手足，用头颅奔跑。

一只无头豹在大地上狂奔。

21

一只豹，这样没命地跑，为跑而跑，

是会把时间跑光的。它能跑到时间之外，

把群山起伏的白雪跑成银子吗？

银行终究会被它跑垮，文章也将失明。

已经瞎了它还在跑。

声音跑断了，骨头跑断了，它还在跑。

22

除非山谷先生从豹子现身，

让豹看见它自己的本相溢出，

却看不见水和杯子。

除非我终生停笔，倒掉墨水，

关闭头脑里的图书馆，

不读，不写，不思想。

否则豹会一直在跑。

23

一只豹,要是给它迷醉,给它饥饿,
让它狂奔起来,
会是多么美,多么简朴,多有力量
　　　　　的一个空无。
那种原始品质的,总括大地的空无。

24

这个空无,它就要获得实存。
词的豹子,吃了我,就有了肉身。
它身上的条纹是古训的提炼,
足迹因鸟迹而成篆籀,
嘴里的莲花,吐出云泥和天象。

25

豹的猎食总是扑空。
要有多少个扑空被倒扣过来,
才能折变出

尘归土的一个总的倒转，
以及，词的遗传，词的丢魂，
　　　词的败退和昏厥？

26

人的鞋，对豹子太小了。
那样一种削足适履的形象
不适合黄山谷的豹。
带爪子的心智伸了出来，伸向无限，
又硬塞进诗歌的头脑
　　　和词汇表。
野兽的目光，借人的目光，回头一瞥。

27

人走不到的秘密之地，
变身豹子也得走。
那么，以豹的足力，
将人的定义走完，
走到野兽的一边去。

28

撕裂我吧,洒落我吧,吞噬我吧,豹。
请享用我这具血肉之躯。
要是你没有扑住我,
山谷先生会有些失望——

2012.4.26

老虎作为成人礼

1

老虎扑上来的刹那,
猎手出于本能,开了一枪。
老虎应声倒地。

猎手扣响的是一枪空枪。
枪里的子弹,猎兔时打光了。
一个空无,扣不扣都不在枪上。

……但老虎真的死了。

世界的推理突然变得高深,
子弹和词,水天一色。

2

也许另有一个浮生相隔的枪手,

与本地枪手构成对称性。
准星,从两个时空对准同一只老虎。
老虎挨了一枪。即使是词的一枪,
命中了也会流血。

大地上最后一个幽灵猎手,
宁可饿死,也不射出最后的子弹。
那么多美味的兔往枪口上撞,
但最后一粒子弹属于尊贵的虎。

猎手朝幻象老虎开了一枪,
倒下的却是老虎的实体。
词是个瞎子,唯肉体目光深澈,
能看见子弹的心碎。

枪,为枪手预留了古代,
并将老虎的滚滚热泪冷冻起来。

3

在玩具枪造得像真枪的和平年代,
城里的中产男孩聚在一起,

玩枪击老虎的游戏。
乡下孩子没枪,只好把子弹壳
往布老虎的肚子里塞。

这一切只是闪客般的恍惚一瞥。
多年后,孩子们以闪存耳朵
去听千里外的人体炸弹。
帝国主义这只纸老虎,
有时会像真老虎一样磨牙。

白雪皑皑的老虎基金呵。

从本地提款机到原始森林,
从老虎的千金散尽到虎骨入药,
从枪械管理法到禁枪令,
即使是真枪实弹,也射程有限。
何况子弹被压进了历史课。

4

跑步机老虎跑不过体育老师。
大男孩与哑铃老虎比肌肉。

小男孩，用买跑鞋的钱去买枪，
悄悄递给一袭风衣的劫匪。
警匪之间，孩子们更喜欢劫匪，
因为他骑马骑得四蹄生风。

坏教育比没有教育更像一部烂片。
男孩把枪战片看了无数遍，
警匪两个人都被看老了，
子弹还是没有打光。
劫匪能逃出电影，但逃不掉生活。

因为逃亡者身上带一股虎味。
刑侦给狗鼻子穿上制服，
不舍昼夜，嗅遍寸土。

男孩学不会虎啸，只好学狗叫。

5

男孩拾起一条生锈的老人河。
生命的流水账目，如条形码缠身。
虎纹的锁链长进肉里。

父亲站在天空深处,

对男孩说:可以逃课,但别逃天文课。

这样你才能在星空中看到自己。

6

一只吉他老虎可以边走边弹,

管风琴的老虎,还得坐下来听。

为这只旧约老虎盖一座教堂吧。

但随身听的老虎更喜欢爵士乐。

一只新约老虎见到佛陀后,

十分钟,年华老去。

晚自习的老虎在学古汉语,

以便和庄周对话。

成人在老虎身上签下各自的签名——

统治的,象征的,生态的。

男孩的签名是:武松。

7

五号电池的老虎跑断了腿。
它想用交流电的腿穿越物质,
又担心保险丝会断魂。

男孩看见老虎跑进太阳能。
漏电的老虎只剩猫那么大,
跑不过林中兔。

男孩给森林的尾巴戴上一副太阳镜。
据说森林的头颅是个哲学家,
却没人知道它是虎头,还是兔子脑袋。

哦男孩秘密的成人礼。
他能否在尾巴上跑得比脑袋快,
这得拿老虎的断腿,自己去跑跑看。

8

老虎进不了洞也得是高尔夫。

男孩却在该挥杆时转身去扣篮。

老虎并非乐观的青蛙王子。
但再悲观厌世的老虎
也不会每天吞下一只癞蛤蟆。

男孩用一千棵树种下一只老虎,
却不给它浇水,而给它喝葡萄酒。
一只高脚杯的老虎
对小女孩始终是个谜。

9

男孩身边有一大堆姨妈
却一个姨父也没有。

也许男孩在成人之前
该去真老虎身边,偷偷待上几日。
而不是在体育课上比划猴拳,
在生物课上空想着恐龙。

不过别指望老虎的王国会有电玩。

10

自然醒的老虎深睡千年。
而闹钟里的老虎,没闹醒自己
却吵醒了身边的猎手。

男孩与猎手在猎户座对表。
老虎从钟表取出枪的心脏,
把它放进词里去跳动。

老虎,将慢慢养得邀宠,
正如苹果在树上一定会成熟。

与其拿手中这杯果汁老虎
次第推杯,看着它变甜,
不如趁它扑上来吃人时
给它一枪。词,会把它写活过来。

孩子,不必理会禁枪令。
也不必带枪,而是带上仪式般的恐惧,
带上人类情感的急迫性,

去尽可能近地靠近老虎。

但又保持咫尺天涯的那份渺远,
保持江山野兽的宇宙格局。

且存留一点点野性的激情,
既得体,又奔放。

2012.5.25

苏堤春晓

晒够了太阳,天开始下雨。
第一场雨把天上的水下进西湖。

第一个破晓把春天搂在怀里。
词的花簇锦团在枝头晃动。

词的内心露出婴儿的物象,
人面桃花,被塞到苏东坡梦里。

仅仅为了梦见苏东坡,
你就按下这斗换星移的按钮吧。

但从星空回望,西湖只是
风景易容术的一部分。

西湖,这块水的屏幕
就像电视停播一样静止和空有。

有人在切换今生和来世,
有人把西湖水装进塑料瓶。

切换和去留之间,
是谁的镜像在投射?

世代积累的幽灵目光呵,
看见了存在本身的茫无所见。

词,转世去了古人的当代,
咯噔一声,安静下来。

要是人群中这道幽灵目光不是你,
苏东坡还会是一个暗喻吗?

你愿意对任何人谈起苏东坡,
甚至对没有嘴唇的树木和青草。

捉几只萤火虫放到西湖水底,
看苏东坡手上的暗喻能有多亮。

提着这只暗喻的灯笼

移步苏堤,你能走到北宋去吗?

两公里的苏堤,通向时间深处。

这词的工程:石头是从月亮搬来的。

苏东坡容许苏堤不在天上,

正如词容许物的世界幸存。

西湖被古琴之水弹断之后,

少年人,你又用何处的水弹奏?

本不是衣裳的水穿在身上,

苏小小,世界欠你一个苏东坡。

肉身中燃尽的锦绣山河,

一顿一挫,尽是烈焰的水呵。

百万只眼睛所保存的西湖水,

你把它装进一只眼睛。

因为这是苏东坡的西湖,

谁流它,它就是谁的眼泪。

而踏上苏堤之前,
你先得远走他乡,云游四海。

西湖是眼睛所盛满的最小的海。
苏堤是离天国最近的人间路。

要是你把苏堤直立起来,
或许死后能步入这片宁静的天空。

     2012.9.30 于香港—纽约航班上

798

小时工掰成两半花的钱

一百年积攒下来

也不够考古学一天花

北京人拿着几枚土鸡蛋

敲破资本的壳体

柴米油盐,往热锅上一摊

    该烧出云状的,烧出了水垢

    该涂防腐剂的,涂了层釉彩

    该浅吟低唱的,唱破了耻辱

    该刻骨的,该刮骨的,该走上刀刃的

    皮肤贴着皮肤,轻轻一吹

哦山河入怀的798

怀里的野兽已成宠物

铁牢和铁饭碗,全成了易碎品

贴上小心轻放的标签后

要么空运,要么上架

  野史也已分层。北宋的一场雪
  被山西煤炭烧成了陶瓷
  搁放在时尚货架的最顶层
  少年白,你得登上多少座山外山
  才能登顶这无边的荒野

思想的供货商忙着进年货
他们避开了网管的幽灵目光
腾空了网址和军械库
词的皮包骨头
被物流扔出四环

  五环外传来二手公知的消息
  别以为嘴里不嚼口香糖
  人民的日子就不甜
  该拔掉的坏牙,拔了还在咬牙

还了一百年的债一天也没欠过
读了一百卷的书一页也没写过
喝了一百吨的酒一滴也没酿过

但为什么隔世独酌的那厮
　　醉个半死，却滴酒不沾？
　　正如一个风尘女子
　　岔开两腿，挺起巨乳
　　却连手也不让男人碰

人体一直变，直到变成人体炸弹
手机一直响，直到死者伸手去接
泥土一直捏，直到捏出土里的肉
肉身一直烧，直到烧出陶俑

　　归去来，归去来
　　一人独行是窄巷子
　　资本走过就是青天大道

这是初春，这是大雾沉沉的798
小陶人可以混迹于众生
也可以一怒摔碎自己
你就一片片拾起这心碎
数一数艺术这具孤身上
有多少小资和大款

你就听凭小陶人漫天要价吧
它可以是人，也可以不是
人自己却不得不是

2013.2.21

龙年岁首

> 越女收龙眼,蛮儿拾象牙。
> 长安千万里,走马送谁家?
> ——〔唐〕殷尧潘

  蛮儿从象牙身上摘下几颗龙眼,
剥开其中一颗,然后说,大人,
请从猫眼去看身外的世界,
看准了这张敲上门来的鼠脸。
那没准是个越女,假扮成具象,
抖落一身轻的锦灰堆,
欠下一个象外。蛮儿
又剥了一颗龙眼,发现躲着个倥偬。
哦,万象怀里的龙胎之空,
把现世报看得那么空透,
十月怀胎,九个月是空的。
  而另一颗晒成腊肉的龙眼里,
有个托梦的影子,变人刚变了一半

被剃去梦的手足,只好变回原形,
把天鹅绒革命的小羊爪子
缩回到军火般的龙爪。
龙须和鼠眉,一脸的山河还在。
也好,大人退位前,从知识考古学
找出些龙马碎片,用来盖民宅。
刚盖出一大片钩心斗角,
转念又要拆迁,又怕动了龙脉。
索性把龙子龙孙塞进筒子楼,
把小龙女嫁给税务员。但这行吗?
欠多少税你也欠不起一个象外,
因为暗喻溢出象外,尽是命抵命。
况且两岁大的太子党,转喻登了基。

   剩下那颗龙眼,蛮儿不敢再剃,
他对大人说:瞧,里面有个龙种。
龙眼,这颗多汁的心眼,这枚明月当空,
拿来安装在转世者的宇宙观上
正合适。这时空之旅的轮回之圆,
任由发条拧紧。但网民却反着拧,
用乡政府拧紧国务院。从山海经
到生意经,从沿街报亭到新华社,
还有哪一个古代不是顺时针。

那蛮儿，拆开万古一看，

读秒的龙虾竟是鲜活的，

像一截人造时间，内脏完好无损。

而一个穿越的桥段突然变得哥特，

古怪的尖顶屋，像导弹对准太空。

潜龙变蛇，变出凄美的青蛇白蛇，

在京官脖子上缠绕又缠绕，

把地方贪官捆成一捆，往民怨一挂。

　　蛮儿用红歌嗓子换了副青衣腔，

古话今说：大人，飞龙在天，

但这些鲜嫩如初的盛唐龙眼，

该怎样快递到分销商手上？

春秋来信，被点进垃圾邮件。

站在龙年岁首的摩天楼顶

极目四望，没人能望见古长安。

君不见春运火车，进站已是暮秋。

京城和边塞，隔了千山万水，

马，以人头提着马头在奔跑。

快马加鞭，把提速的火车跑断了气，

这具斗换星移的快马呵。

骑手，并不在意身在何处，

也不在意自己是活的，还是一个幽灵。

更多的人坐在幽灵火车上，往前开。

　　蛮儿挤在里面，不给大人让座。

2012.1.15

念及肥肉

这一身好肉，凭什么如此盈余，
凭什么把增值税算在社会主义头上。
中产阶级的垂涎，没几片肥肉。
你就挑肥拣瘦，
与体制内的红肥绿瘦两讫吧。

你就容忍这苍蝇嗡嗡的浮世，
弯下减肥药的腰，
用阳光，给生活涂一层瘦肉精。
新闻饿了，却一直在空谈。
更大的空，在更多的盈余里。

舌尖的雪泥鸿爪
留在央视的流水席上。
春天的野兽，等待更华丽的饥饿，
一直等到深秋，才有了禅意。

老人身上的红肥竟如此绿瘦。
中年的愤怒安静下来，
回到空腹，回到未发育的童年。
盘子里的几片肥肉还是热的，
筷子一夹，顿成白雪。

雪地上留有黑客的足迹。
红尘滚滚的西门庆，
四处打听东坡肉的消息。
但网购的李瓶儿是个素食者，
她往碗里打了太多的蛋，
已分不清哪个是双黄的。

因为不知道该称蟑螂为先生
还是女士，月入两万的胖厨师
坏心情持续了一生。
一脸滚刀肉夺刀而去，
三千里砧板，刀刀都是绝学。
而厨房已扔出星空。

2012.12.20

暗想薇依

像薇依那样的神的女人，
借助晦暗才能看见。
不走近她，又怎么睁天眼呢。
地质的女人，深挖下去是天理。
煤，非这么一块一块挖出来，
月亮挖出了血，不觉夜色之苍白。
挖不动了，手挖断了，才挖到黑暗。
根部的女人，对果实是个困惑。
她把子宫塞进这果实，吃掉自己，
又将吃剩的母亲长在身上。
她没有面容，没有生育，没有钱。
而影子也已噤声，纵使辨音力从独唱
扩展到合唱队，也不能听到自己。
那么，立在夕光中暗想片刻就够了，
别带回家乡过日子，
无论这日子是对是错都别过。
浪迹的日子走到头，中间有多少折腰。

北京的日子过到底，终究不在巴黎。
神恩的日子，存进报酬是空的。
因为这是薇依的日子，
和谁过也不是梦露。
旧梦或新词，两者都无以托付。
单杠上倒挂着一个小女孩，
这暗忖的裙裾，雨的流苏，
以及滴里嗒啦的肢体语言。
她用挖煤的手翻动哲学，
这样的词块和黑暗，你有吗？
钱挣一百花两百没什么不对，
房子拆一半住一半也没什么不对。
这依稀，这弃绝，不过是圆桌骑士
递到核武器手上的一只圣杯，
一失手摔得碎骨。
众神渴了，凡人拿什么饮水。
二战后，神看上去像个会计，
但金钱并没有让一切变得更好。
账户是空的，贼也两手空空。
即使人神共怒也轮不到你
替她挨这必死的一刀。
词的一刀，比铁还砍得深，

因为问斩的泪哗哗在流，
忍不住也得强忍。
而问道的手谕，把苍天在上
倒扣过来，变为存在的底部。
薇依是存在本身，我们不是。
斯人一道冷目光斜看过来，
在命抵命的基石之上，
还有什么是端正的，立命的。

2012.12.30

纸 房 子

一座盖在明信片上的房子
寄到远方之后,仍在原地屹立不动
纸上建筑,拿水泥一抹竟是真的

土地也可以是一片云,挪移到纸上
盖上邮戳寄走。几片雪花
足以使房子和土地飘飞起来

老房子人进人出,但门敲叩无声
时间上了锁,但锁芯已经坏掉
钥匙转动时,明月也感到头晕

你打开空,点了点锁芯里的词造物
有几颗是人造心脏。这么一座
盖在纸上的房子,却有着水泥

和砖头的肯定性,浪花被玻璃固化

水母轻若烟云，穿上沥青外套
建筑师年少轻狂，将蚊子和金龟子

从图纸放飞出去，也不知词与铁
孰轻孰重。童音的变声夜
地方戏的嗓子清空了歌剧

混凝土把柏拉图头脑里的洞穴
递给飞翔，水里的鱼
被盖成鸟儿的样子，却不去飞

水电工将导电之手伸进风暴眼
伦理，按真理与妄言的恰当比例
建造起来，神与人，构成孤立

走了神的乌托邦，以及家长里短
逼着砖瓦工讲黄段子
砖混骨架，变得有血有肉

要是以来世的目光看待现世
把末日倒过来看，从月亮的盈满
看到光的雪崩，看到善的亏欠

以及真的伴谬,钥匙会在锁芯里
停止转动吗?老房子在大地上的消失
和纸上的重建,两者都是未知

掏真金支付这个幻象吧
空,有时会自动投身于建设
你会将纸房子移到土地上去盖吗?

2013.4.12

一半之半

半个世界都说是的时候
能对世界的另一半说不吗

阿拉伯的几个先知
因石油的配额而烦恼
派遣幽灵和坦克
与莎士比亚比修辞术

永恒之美敌我各半
直觉的一半弯曲下来
不分美丑,不分对错
直觉的阶级成分
被错觉直立起来

太阳以为自己是为心碎升起的
而月色之美
半是盈满,半是缺失

沙漠之美半是雨滴半是洪水

裙裾之美一半曳地一半凌空

时间之美反过来是无时间

人脸的半边脸是鼠脸

看不见的世界之半

从深处，看见自己的另一半

是失去的一半，也是存留的一半

商业之美

半是暴发户半是破落户

大国之美

半是美国梦半是中国造

政治之美

半是全球化半是小地方

一分钱掰作两分钱花

再分配的一半是不分配

国库的一半是小金库

黄金的一半是白条子

红色江山的一半

写在白纸黑字的一半上

江山，一半是打一半是坐

绿党与黑帮称兄道弟

红酒与白酒推杯换盏

坏人的一半好不起来

好人的一半比坏人还坏

天才把半个脑袋给了白痴

两颗脑袋，一个趔趄

瞎子的世界瞪着两眼

轻的一生不堪重负

生命之半，活到头也是折腰

浮生的一半是偷生

半死半生不如九死一生

前世来世，皆是现世

死后的一半在生前

万古的一半仅有一秒

全部占有，近乎全无

因果之半，无果无因

对世界的另一半说是吧

当半个世界说不

2013.4.17

读北宋诗

仅仅抵制哀愁
尚不足以
完全顺应生死悠悠

仅仅不加描述
也不足以
忘言于描述之物

仅仅凭借诗殇
专制本身
完成了教育的转向

不读不写
无非是
词物两难的堆砌

但一直写一直读

又能有
几个东坡,几个黄山谷

光是梦见豹子
还远远不够
还得现身,还得被吃

光是不舍此身
纵然转世
恐无以幻化和深问

            2013.4.28

致 鲁 米

托钵僧行囊里的穷乡僻壤,
在闹市中心的广场上,
兜底抖了出来。
这凭空抖出的亿万财富,
仅剩一枚攥紧的硬币。
他揭下头上那顶睡枭般的毡帽,
讨来的饭越多,胃里的尘土也越多。
胃飞了起来,漫天都是饥饿天使。
一小片从词语掰下的东西,
还来不及烤成面包,就已成神迹。
请不以吃什么,请以不吃什么
去理解饥饿的尊贵吧。
(一条烤熟的鱼会说水的语言。)
托钵僧敬水为神,破浪来到中国,
把一只空碗和一副空肠子
从文具到农具,递到我手上。
人呵,成为你所不是的那人,

给出你所没有的礼物。

一小块耕地缩小了沙漠之大。

我还不是农夫,但正在变成农夫。

劳作,放下了思想。

      这一锄头挖下去,

伤及苏菲的地理和动脉,

再也捂不住雷霆滚滚的石油。

多少个草原帝国开始碎骨,

然后玉米开始生长,沙漠退去。

阿拉伯王子需要一丝羞愧检点自己,

小亚细亚需要一丝尊严变得更小,

女神需要一丝愤怒保持平静。

这一锄头挖下去并非都是收获,

(没有必要丰收,够吃就行了。)

而深挖之下,地球已被挖穿,

天空从光的洞穴逃离,

星象如一个盲人盯着歌声的脸。

词正本清源,黄金跪地不起。

物更仁慈了,即使造物的小小罪过

包容了物欲这个更大的罪过。

极善,从不考虑普通的善,

也不在乎伪善的回眸一笑。

因为在神圣的乞讨面前,
托钵僧已从人群消失。
没了他,众人手上的碗皆是空的。

2013.10.18

早起，血糖偏高

在早餐的蒸蛋里，那晨星般
撒下盐粒，又让老男人凝结的东西
变成了糖。天下盐，丢了谁的天下

这一天，广场空无一人
急诊，排起了长队
风吹来芳香的、意识形态的苹果醋

四环上，有人驾驶一枚鸡蛋壳
逆时空一路狂奔
五十年代的膀胱缓缓升空

隔着防火墙捏鼻，还是能闻到
三千里外的闷骚狐狸：孩子们
从搜狐网朝阿里巴巴撒尿

为憋尿时代建一座纪念碑吧

为头脑里的小便订购一只抽水马桶
因为杜尚先生要来,签下他的大名

在文明这具恐龙的骨架上
我们一生的甜蜜劳作
工蜂般刺入花的血滴

在花脉深处,药片吞下烈日
甜的陈腐照耀着大地
甜的吸血鬼相见欢

胰岛素,这液体的针尖王子
以医学的目光打量尘世
避开了冰淇淋皇帝的邀宠

糖衣炮弹打开甜的内部构造
揪出一堆的厨子和胖子
有的得了厌食症,有的想要转世

而贪吃糖果的男孩
像个无辜的天使站在地球仪上
并不知道甜去了哪里

伤感是多余的,但又必不可少
甜的哲学被苍蝇飞过之后
再也不能飞得像一只翠鸟

            2014.1.3

抽烟人的书

只读抽烟人写的书
只买烟草抽掉的书
只花抽烟抽剩的钱

打火机将书里的字烧光了
剩下一本无字书
读,还是写:这是个问题

抽烟人的书,字是亮的
烟丝熄灭后,钨丝亮了
烟抽过的东西全都有了电
没抽的,继续呆在黑暗里

钨丝和烟丝,哪个更亮?

红尘和灰尘
其中一个犯了烟瘾

想从书钱手上抢烟钱

但书钱早被烟钱

花得只够买一份小报

不买书的人

把买书省下的金钱

攒起来办报

但风把报上的字也吹走了

昨日之日，不够读一份报

但足够读一百本书

今日之日，今人的书

全是古人写的

活字睁开眼睛

不解地看着盲人所见

鸟语，出现在死读书里

悠悠此生，读不完天下书

但足以把图书馆的书

从头写一遍

书写到一半时才有了书桌
烟抽得只剩一小截烟屁股时
还是没裤子穿

《资本论》的稿费
不够马克思的烟钱
大英图书馆烟雾蒙蒙
托洛茨基嘴边那支烟
倒过来抽未必是斯大林

地狱般的烟瘾升上碧云天
从报摊到图书馆
一路张贴着禁烟令
肺里的烟灰缸被扔了出来

头脑里有一只巨大的墨水瓶
从未写出的书，人人都在读
书读完了，却一字也没写

书的历史减缩成一份晚报
新闻被退回事件的发生
发生，被退回发生之前

以读报人的眼光看

书，是幽灵的事

提着断头，双手也被砍去

把死的东西写得活过来

眼睛写瞎，心写碎

尽可能久远地读

尽可能崇高地写

2014.1.20

老男孩之歌

让正在说的话闭嘴。
把盖了一半的房子
正在盖的另一半拆掉。
把读了一百年的书,
一页一页撕去,撕个精光。

撕掉的书,哪本一字没写?
书店的书,哪本值得掏钱?
六十亿地球人天天上网,
而一个老男孩,终其一生
埋头读书。

买不起书,就偷书。
偷不走书的年岁,就偷书的心。
但偷书之前得学会认字,
认字之前,得先造字。

在古希腊，一个小女孩的眼睛
替晚年的俄狄浦斯看过路。
她会替一个老男孩看书吗?

将正在读的书合上。
让正在写的书停笔。
吹灭飞蛾，降下光的鹅毛大雪。
从做旧的爱拔枪，退弹夹，
看子弹是不是刀的避让。

别管被焚的书是谁的，你就写吧。
别管刀在谁手上，你就戳吧。
也别问，这一枪对着谁开——
不忍对别人开枪，就对自己开枪吧。
谁死谁生，都是恍然一瞥。

管这大把大把的金钱是谁挣的，
你就花个痛快吧。
管这条命是贵是贱，
想革，你就拿去革吧。

你就用左手卡住右手的咽喉，

呼吸左派的忧郁。
让《左传》的肺一字一顿吧。

鱼刺,卡在海啸的深喉。
在刺客读完《资本论》前,
你就成为这个刺客吧。

老男孩的头脑里
有十个书房,
就让其中一个变成文盲吧。

一百个美少年凑出一个老男孩,
其中一个是逆生长,
给他半日春风他就万物疯长,
对应于老男人的万念皆空。

日子是空的,像是没人过过。
女人心,往外掏什么都是桃花。
李香君走出空闺,把桃花扇
递给孔尚任。回家时鞋子想扔哪儿
就扔哪儿是多么幸福。

每天早起,在一头幻象奶牛身上
给真理挤奶是多么惬意。
但网聊之余引用《心经》
是个冒犯,因为佛祖
从来不是一个机会均等的雇主。

李白快递了一个千金散尽。
鹤的快心事,中途按了暂停键,
似乎在等签名版的东风。
但热泪掉头,洒向太平洋。

一个盲人天文学家,一生从未看过
头顶的星空。星空,是内心的事。
瞎了眼的老男人呵,奇迹般
读完了书架上所有的书。
晚报是个哑巴,却一直在唠叨。

看一部电影,比从头拍这部电影
还要耗费虚无,钱也花得更多。
在一个穿金戴银的时代,
谁又没穷过。

大我小我，付与一些轻物质。
白银的小战争打到最后
竟是一个暗喻。抢银行的恐怖分子
头上套个薄膜袋走来，
你趴着没动，但知道枪里没子弹。

天太热，有苍蝇或光速的虫子。
为此，老男孩的童年被浪度了。
人怎么能容忍苍蝇飞过的生活
在自己身上一直活着。

至少还有野蛮人的屁股可以坐下。
在哲人的内心深处，
脚底的词，就像
刚登上泰山一样喘不过气来。

给词穿上运动鞋或许会好些。
而我，什么鞋子也不想穿，
即使赤脚踩在碎玻璃上也不穿。
八千里路的尘归土，够你走到天边外。

让万箭的血，从脚底射入头颅吧。

让赤脚的血更尖锐些吧。
让词与面包血淋淋的吧。

在这个老男孩身上谁又没活过，
谁与他一握不是两手空空。
他老去一天，够我小一岁。
天下烈酒我们对饮各半，
我喝得烂醉，他却滴酒未沾。

脏衣服晾在叶芝的晾衣竿上。
老男孩和我穿同一件衬衣，
衣领是他的，袖子归我。
一个崇高的合体，
是卑微的，分身的。

请准许我替他变老，变穷，变蠢，
因为他将变得比我更为愚蠢。

2014.2.2 改定

大是大非

> 精神会被消耗殆尽
> 而且针对自身
>
> ——荷尔德林

大是大非塞了个小心眼。
小的和少的,总是美好的。
美在最小的用处里也是无用的,
它检讨自己,强忍自己,
因为拒绝讲和的大是大非,
对自己人动了真格。
讽喻之歌,风格将高于颂歌。

小心眼,与天眼所见略同。
以为拔出塞子后,大是大非
不过是个空酒瓶,未必是酒神之见。
放空心灵,看它如何接受礼物。
金的用量,就这么多,

足够远行者承受和携带。

小小的心眼,没准会蹦出个突兀。
黄金错,把三千里人头税
横刀拔出,当众一撒,
白花花的银子撒向千山万水。
财政和宪政从同一个喉舌分身。
小钱得小利,大河分大流。

以是非之大反观小我,
神,顺着为人之父的目光,
看见大我还是个孩子。
给他三分钱的歌剧,
他拿去看二战片。
给他一个线装书的圣贤,
他一笔勾销,留下A4纸的空白。
然后,画出一些奇幻动物,
用以命名飞翔的武器——
飞鱼,枭龙,响尾蛇。

女武神从所有这些怪兽的眼睛,
盯着自由女神的眼睛看。

回魂之余,导弹已在千里之外。
大红大紫不关灰姑娘的事。
大爱大恨找不到一粒扣子,
把敌人的衣服
穿得比情人还暖和。

黄金,像跳蚤一样咬人,吸人血。
咬过的金缕衣,穿在木乃伊身上。
坏消息是:国王是不穿衣的。
在开往火星的幽灵火车上,
土星人瞎了多年还睁着眼,
因为地球人留了一手。
他们正尝试着用臭氧和银行烂账,
建设文明崩溃的天启景象。

下一站是火星。两列对开的星际列车,
中间隔着五千光年的宵禁令。
废词,在一个图书馆员的头脑里
老鹰般盘旋不去。当他填写借书卡时,
他对所有的畅销书屈尊微笑。
读,如果不是用木刻的眼睛
而是用水泵的眼睛去读,

李白,就不是天上的黄河水。

新一代必须重新学习汉语。
词,必须是一个发生,
必须重新触及孤独,不仅对独断论
说不,也对资本说不。

资本乐于花钱买下自己的灭亡,
乐于宣称胜者为败的逻辑
对任何人都是免费的。
它以为劳工阶级没有面孔,
以为脸对脸的大是大非,
不过是两个蒙面人。

资本穿上牛仔裤,像革命一样性感。
一群上了年纪的嬉皮士,
在海德公园裸舞,他们把忘我
看作一个未开启的未来,
打开一看,里面是个摇滚歌星。

小恩小惠,滔滔不绝,
被蝴蝶用来碎身和入梦,

而大是大非，处处闪烁着
终极事物的吉光片羽。
请跟随安提戈涅的法则，
稳住这元气茫茫的大裂变
所带来的震悚和动摇吧。

瞧，一直坐江山的那人站了起来，
大我的在场，只能通过障目和蔽体。
颂歌，清了清哀歌的嗓子，
垂下讽喻之歌的眼睑。
颂歌体的大是大非，将独有
等同于万物皆有，而这也正是
全无：一人所有，万人所无。

在十诫与七宗罪之间，柏林墙
因摩西的一瞥而化为空气。
灰飞烟灭的，是涂鸦，而非碑文。
一场空难透过博伊斯的注视
可以是别的发生，比如，一场车祸。
与此同时，蝴蝶飞出了象牙。

盯着一个与实际世界的香蕉

一模一样的影像看，一根葱
获得了无事生非的快乐。借助它
能让判断力的成长停在九岁，
不再长大。至于想象力，
就交给玩具商去设计，去制造吧。
把一颗鸡心钻石卖给猪脑袋，
这真是广告天才的奇想。

希腊曾经是早晨的国度。
神界的黄昏降下：欧洲要么落脚于此，
成为亚洲大陆的一个小小岬角，
要么在物象的脑部，从事星际计算，
并将计算的哲学答案
交给航天工业，交给异己的规划者。

但大是大非不可能按照一个狂喜
下订单，按照单一世界的公式
去计算，去磨损，去建造
和自我繁殖，因为忧郁
将随之而来。造物，也是造无。
这一切将被一个强有力的大是大非，
一个毁容般的天下之大不韪，

所说服,所修正,所改造。

清帝的最后一个女人被册封为
答应。但追忆,割掉了追问的舌头,
并将天问从神界逐出了人界。
窗外五十米处,是中山讲堂。
后世在大是大非上走得越远,
越是加速审判日的到来,也越是缩小
末日的广阔性,以便塞入一个小心眼。

心的规模,远远超出天启所及。
血腥,压迫,枪,以及美元,
你选一个吧,没更好的可选。
剩下的选择是:苦闷,或是自我毁灭。
极善与伪善,两者都看上了曼德拉?
如何从曼德拉往前走,而不变成
穆加贝:全球思考,在地行动。

腰再不挺直,还有什么能弯下去。
水仙花从庞大的水泥建设
起身站立,泪水只是礼节性一洒
面包便有了词的心跳。

日升日落,在水底恢复了光的本心。

大是大非:它并非实际所是。
头发不用剪直到长出青草。
电影一直放直到从未被拍。
钱一直花,直到银行垮掉。
养育一个孩子直到从未生下他。
空想一个敌人,直到成为这个敌人。
没敌人,这一枪就对着自己开。

是非大起大落,正反大开大合。
耳朵会听错,做出的决断会错,
对了也错。在生死之间,大是大非
踌躇迟疑:去说,还是去做?

百年去留,只有一秒钟的对证。
大是大非的最后凝视,
对浩渺投以掉头不看的
大灵魂的目光。每个人都在对表。
而这一秒,不在钟表里。

新我抖落一身的陈词滥调,

对旧我点了点头,又抬起头
看见几步外的大是大非,
离彻悟已相距千年。不变的
一直在变,迟来的总是太迟。

癌细胞就是那些
忘记如何去死的东西。
温柔地索回垂死之际的
那一息尚存的,
最初的一丝恐惧吧。

2014.2.11 改定

八大山人画鱼

鱼,游出词的骨头
在阳光的垂直照耀下

迷幻地待了一小会
然后,游回词的无处安身

鱼以词的身体,在地上
活蹦乱跳,它刚刚离水

八大山人想吃鱼
但山中无鱼,只好画鱼

渔夫觉得不像
抓了条活鱼放进画里

一条真身入画的鱼
反而更不像了

鱼像了词，像了别的东西
不再是它自己

在词的身上，鱼不过是
词的无处安身

彻底安身，也就彻底死了
鱼在地上，一动不动

谁会是一条真鱼呢？
如果它不是

八大山人画过的同一条鱼
早已被渔夫捕获

鱼听从了词的放逐
眼睛，在水墨中瞪着

词没有的东西，物也没有
如果有，它会自己现身

比如，一只孔雀
会慢慢出现在鱼的肺部

鱼在纸上游来游去
而不是水下

孔雀肺一呼一吸
直到空气全无

文明的幽暗
对鱼的孔雀是个诱惑

它刚要开屏
却被浪花溅了一身

鱼忘记了八大山人
从水的抽象游入博物馆

鱼也忘记了渔夫
且在阳光中待得太久

2014.2.12

中国造英语

这群人说的是哪门子英语，
口音是从外星球下载的，
没有故土，没有身份，没有国籍。
在海关，在该掏护照时，
他们掏出的是商籁体诗歌，
一字一字，掏空了人文。

他们用雪花体
签下阳光的名字。

他们一个劲嚼着口香糖
但满嘴的牙已拔光。
想安装高鼻梁，又担心会塌下。
涂鸦之美夺身而飞，
把鼻音飞得毛茸茸的，
舌叶音伸出小羊的脚爪。
童声，变声蛙鸣和鸡叫，

吵得城里人睡不了觉。

给英语贴上中国造商标
岂不快哉。再过20年，
美国人将从中国进口英语。
中国将为四川话和广东话
分设两个海关，两门必修课。
四川话将成为印度人的英语。
而在香港，粤女口里的声声慢
将卷起牛津腔的快人快语。

要是电脑人不会说英语，
为什么不试试说梵语，
说古汉语，拉丁语？
优雅得有个优雅的尽头，
好英语已说得让人腻味，
听上去像一个殖民地。
说，就像一个人替所有的人
在说，孤零零地说，
把英语说得只剩900句。

要是外交官的英语

说得不像莎士比亚和伍尔夫,

像李白,像孔夫子也行。

请允许银行家

在有生之年变得土气和野蛮。

乡下人将接管各国的英文系。

对国务院他们一点兴趣没有。

银行和保险公司,谁想要给谁。

军事基地也一并奉送。

一支舰队驶入沙漠的腹地,

海军上将接过下士的酒

跪对阵亡者,一饮而尽。

和平真的想吃战争这碗饭?

谁也拿诗的天籁没办法。

请问哪个美国大兵,

会把拉丁语发音当回事?

修辞术,它的磨洗,它的神经兮兮,

会将生存带离古希腊奥义,

如果造词者有能力跟随它。

盛唐诗篇的美少年镜像,

从物质性提取汉语之美,

以此答谢天下。

梦是假的,但舌尖是真的。
梦怎么能没有蝴蝶?
但真的没有。

他们最终将用软件英语
把历史说得遍体硬伤,
把高傲说得低下头来。
神,因高人一等而折腰。
女人把高跟鞋穿在前缀上,
屁股一翘一翘地说抱歉。

那些年老时才耷拉下来的乳房
为什么不现在就耷拉下来?
那水一样往外泼,但快泼出时
被兜住的,丰收般的乳房,
就让它从限制级的语种往外泼吧。

女教师怀上了想象力的孩子。
迷醉感,紧紧搂住现实感,
借外祖母之力,生下了这个幻象。

因为助词的孩子怀在母腹之外。
胎儿感觉有个上帝般的叹息
在自己身上挥拳。

课间操时间,一群小学生
走到一个废词里扩胸。
倒装句的语法胳膊,顺从了疑问句,
朝无意识深处伸展。
口语,使劲地向上提臀。
体检时校医满口从句,
医术和病史,根源两相挫牙。

英语用发明了两次的自行车
把古汉语骑到天上,
曾经是鸟类的东西
慢慢变成了人类。
飞翔的哑语,展开帝国之翼,
夜空里,小金属的眼睛一闪一闪。

英语最终会演变成真正的无语。
音乐和海浪崇高地响起,
但人身上的鱼耳朵

还是没找到座位。
梨,顺从了苹果的言说,
亚当和夏娃演变到最后,
会成为礼仪祈祷用语,
听从古汉语的孔子。
因为孔子的世界远远回避着今天。

今人已跟不上古人的退身。
那样一种无声之声:水枯竭了
却还在流的声音,
到处被听见却并不在说。
字的垂涎:蚜虫正在吃掉自身。

几行甲骨文,足以耗尽一生。
英语被《易经》拧紧之后,
突然就失去了时间。
说,走到地心的听力深处
去板结,去石化,去啄虫。
正义的敌敌畏吐出三千尺火舌。

但是,朝樟脑味的木头英语
喷多少香水都没用,

印第安人把英语看作口臭。
简洁，构成了连原文也没有的译文。

而英语，难开民选总统的口。
官腔已成明月，这空言的发光体，
如手工活，嗓子浸在一片冰心里。
没人知道共运史的底片和叩问
已被华尔街悄悄退给了历史。
也没人能听出昆曲之妙：
这戏，不听也罢。
CNN听上去不在北美
也不在江南。好话，被坏话说尽。

美国梦，在梦心安装了一个
助听器：美国之音自动在说。
但那些脏字眼的耳朵呢？
云当了老板，但雇不起女秘书。
话到嘴边，丢就丢了，
铸剑上的汉字尽是些活字，
也没铺天盖地印在小报上。
言外意：给出你所无的礼物。

这片标准语音的录音棚，

这些抽象的本地异乡人，

以及飘浮在星空中的匿名者，

他们去掉灰尘和乡音后，

将说出英语本身的一声不吭。

英语在他们身上几乎是动物性的，

它以老虎爪子，抓了世界一下。

猫语也这样抓人，带着痒与嗲。

美式英语痛遍天下，

把老虎抓人的恐惧，

抓得如同猫咪也在抓。

这温柔的内饰，几乎是纯棉的。

太阳也得上电池才亮。

英语的太阳，在天空中暗淡下来，

这颗人造心脏的太阳，

最终将在嘴里，找到灯的位置。

太阳整个冬天都待在结巴的暗处。

阳光的袖子在英语身上

比旧衣服的衣领还要苍白。

托福,像粘在鞋底的口香糖,
把生活变成了别处和他人。
轻不是罪,但它卷走了重音。

好在音韵不属移民局管。
水洗过的莎翁,也被阳光鞭笞过。
为什么新闻忘了关灯?
废报纸,那些过时的词,
将按重量出售。
留在嘴上的是心碎。

英语将被梦的耳朵捂住。
除非取下大数据的面具,
脱掉军人的迷彩外套。
除非石头的话,说给花儿听。
除非留下某些没说尽的东西,
留在这浮世上。

2014.2

老 相 册

黑鸦没有右手,却有两只左手
手与手隔世相握,桃花换了人面

换谁都是两手空空
天人对坐,催促灰心

影子从屋顶明月缓缓降下
这埋入土地的天空呵

一大片黑影子扑腾着白雪的翅膀
一枚分币敲打安息日的心

在底片上,黑鸦像个职业摄影师
对着一场大雪,按下阳光的快门

谁将这无人的椅子坐在花里
谁命令我坐下,命令一百年的雪坐下

夏天过去了。乌鸦和雪还坐在那里

而我坐过的椅子上坐着一个无人

2015.9.7

在 雅 典

窗外是忧郁的江油县。
七十年代的县政府大楼后面,
是 2000 年前的古希腊天空。

太阳升起来,带着昨夜的倦怠,
本地人的醉意在空气中弥散开来。

天神手里那只空酒杯
被倒扣过来:一种半透明的东西,
将大地的泥土烧制成陶器,
   在柜台后面
以好客和宰客两种目光
盯着你。

1300 年前,李白举杯碰月,
盲眼的荷马,以独弦琴弹奏着浩渺。

游客从出租车,从钱包和坟墓
钻了出来,把一个空意义
塞得满满的。

意义之外,三十万叙利亚难民
漂浮在蓝色的爱琴海上。

而十四年前,一个清癯的中国和尚
自窦圌山铁索坠下。

2015.9.29

开　耳

钥匙从天上掉到地上的声音
捡起来一听
里面有个上了锁的歌喉

甚至从未打开过自己的囚徒
也在转动这片钥匙
试图打开被锁死的上帝

甚至闪闪烁烁的萤火虫
也从耳朵监狱的内部
点亮了一个天听透雕

有人在途穷处偷听这个天听
有人将手的日子往耳朵里塞
有人捂住转世的耳朵

天上的钢琴掉落下来

砸到童子功头上落花纷纷

十万个琴师的头上只有这一个灵童呵

每个天才的身边都坐着一个账房先生

我看到物质之美的孤立

我听到采采卷耳在发愣

迷魂被销魂一弹，顿时断魂

你得弯曲直觉才有听觉

你得走出听觉才能听到黑暗

你得待在黑暗中才能开耳

因为众人身上的耳朵皆是聋子

一种静极的发自子宫的声音

如同被哑巴所唱出

2015.12.21

字非心象

天下读书人中有一个不识字的
但他会写，把书里的字写在滔滔江水上
把废字和哑字写入鸟嘴
把缺腿的字写成鸟爪
又从鸟浮提炼出字的菩提

他提着众花的头颅去见世面
开败了字的花儿妙笔

他看不见自己身上的高山流水
因为所有的清水浊水
都与雾豹和经卷混在一起

人的一生中写了多少错字呵

木简的字，以金文一写竟成天命
而一个古人风雅就风雅在

能以二王的字写下一张欠条

能把甲骨文写得如一只螃蟹

能把螃蟹爪子掰下来当钳子使

石碑里的鸟兽之身已非今世

多少个青蛙王子隐身于蝌蚪文

童心和童子手端坐在莲花上

邪恶也坐得端端正正

善，竟如佛骨一样盘卷坐起

又随日常万念化为无形

气息相吹，舞之蹈之

心之所是成为了它所不是的

但那并非心象，而只是个执迷

2016.1.12

霍金花园

水墨的月亮来到纸上。
这古人的,没喷过杀虫剂
　　　　的纸月亮呵。

一个化身为夜雾的偷花贼
在深夜的花园里睡着了。

他梦见自己身上的另一个人
被花偷去,开了一小会儿。

……这片刻开花,
一千年过去了。

没人知道这些花儿的真身,
是庄子,还是陶渊明。

借月光而读的书生呵,

竟没读出花的暗喻。

古人今人以花眼对看。
而佛眼所见,一直是个盲人。

从花之眼飞出十万只萤火虫,
漫天星星落掉在草地上。

没了星星的钮扣,花儿与核弹,
还能彼此穿上云的衣裳么?

云世界,周身都是虫洞,
却浑然不觉时间已被漏掉。

偷花人,要是你突然醒来,
就提着词的灯笼步入星空吧。

2016.7.31

宿墨与量子男孩

1

雨中堆沙，让众水汇聚到沙漏之塔
   的那道不等式，
是一个总体，还是一个消散？
漏，倒立过来，形成空名的圆锥体。
先生，且从鱼之无余分离出多余，
且待在圆形鱼缸的斗升之水里，
掉头反观
   那些观鱼的人。
子非鱼，男孩以空身潜入鱼身，
且以鱼的目光看天，看水，
   看反眼被看的自己。
这道奇异的量子目光，
与不可说、不可见连成一片，
曳尾于苍茫的万有引力。
而你太孤单了，视万人为先生。

2

不期而至的神秘客人,随身带着
三样东西:蝴蝶、宿墨、电解盐。
 　　核裂变的猫
抓起水中鱼,并没有搁在
主人盘子里,也不和客人打招呼。
 　　男孩夜读而不点灯,
因为鱼和萤火虫对换了活法,
任由先生在焚书的琥珀里,
 　　幻化为一小片闪存。
金鱼的凸眼,好像被玻璃人吹过,
里面的金子和水,为佛眼的空无
 　　所盈满,所翳蔽。
从鱼眼往外看,世界,未必是人的样子。
而鱼之所见,能表述为几何吗?

3

思想巨人,需要一个速记员,
以使星际尘埃落在纸上,

需要一枚针灸，
把万物扎到痛的深处。
在海量信息流中，
　　　蝴蝶，闪现了一下。
爱因斯坦从量子男孩身上，
看见真雅各扮成一个假雅各，
以此断定：上帝从不掷骰子，
　　　也不揭开撒旦的秘密。
神在世界的田野中放了一张书桌，
但伏案之人手里并无农具。
　　　何以李白不读，不写？
因为故纸堆里已无薛涛笺。
而你的电纸书，已非今生今世。

4

今人所读，不及书已读完的古人。
那份万念闭合的心沉和心悲，
　　　仅凭独一论托底，
不足以下沉到典籍的底部。
史官眼里不是没有泪水，
但一千吨火山灰已尘埃落定，

唉,让落泪者
    把眼泪憋回去吧。
高枕之人,在天空中合十而坐,
即使春风初具雏形,也不梳头。
大帝国,小蝶仙,皆以树状入土。
量子论缩小了天下神权。

5

临终七言已断魂,琴瑟之人
以迷魂拨弦,不得不掬水为天。
草原长调隐入太息,不得不帮腔
    和拖腔,
神的口信不得不拆封。
即使马头琴的漫天飘雪,
已将地心之眼的一粒红宝石,
嵌入梅曼博士的激光之眼。
天空中,七个雷霆碾压而过。
这万马狂奔,这天象在地,
    对忽必烈汗
不过是勒马回天的片刻执念,
却扰乱了年轻的麦克斯韦

对永恒的看法。

6

被一颗痛牙所扭歪的男孩脸上,
出现了神迹般的热泪滚滚。
仅仅成为狄奥尼索斯的酷儿
　　　　还不够,
还得是个变节的托派分子。
那不速客,随手揭下二战军帽,
与憋尿而来的白衣天使
　　　　撞个满怀。
而你一直在收集死者的视力,
以便一睹怪力乱神的尊容。
左,是牧羊人,极左则是克隆羊。
　　　如是我闻:
前世书篇幅浩瀚,而人生苦短,
老花镜刚好不在书桌上。
这不是人的问题:如果一只老鼠,
坚信世界上没有猫,
　　　　它很快会被猫吃掉。

7

神，并无猫的百变身，
　　　　也不判定
薛定锷先生的猫是死是生。
鱼不解地望着渔夫，问：
　　　你猫了吗？
南海消息，落纸已是北海，
云的部分写成了鱼书，
氘的部分是重氧，是海底火焰。
　　　江南才子
酷爱梨花句子和杏花脸蛋，
尺八，吹不吹都是鸟语鱼唇。
而你，借助神的暗脸，
与自己身上的无脸对看，
看不见身外身的众多无人。
除非你成为这个无人：
　　　　父亲般的无人，
但刚好是、反过来是你本人。
所舍，本身已包涵了所得。
　　　如是我闻，

神的圆周率无所不在,

圆心,却始终是男孩的灯谜。

8

除了无法形容,再也找不到

    更为贴切的字眼了。

大灾变后,老康德也得搁笔,

不死不生,也不抬头仰望,

    因为纸上并无星空。

老庞德一走出疯人院,

便混迹于纸上的跳蚤市场。

量子男孩,你就吞下这粒秋水碱的

时间胶囊吧,醒在古长安,

借韩昌黎的险韵、怪韵一用,

且借安眠药的缓释药力,

将胃痉挛的万般别扭

    强扭过来,

且令相对论的金鱼去拖地板。

    如是我闻:

五百个物理学教授,

顶不过一个爱因斯坦。

9

雾中这些次第绽开的婴儿脸,
退远五十步,五官便消失了。
　　　　蛇的修身不可被看见,
即使断食百日,也化身为地理。
一些拖泥带水的东西抬起头来,
看见蛇身慢慢变成水患。
舌头咬住尾巴,这宇宙的甜甜圈。
轮回意味着入世,而非隐世:
　　　　宁可尽瘁于斯,
　　　　　　也不得略过不表。
光,以微粒扩散的形态被吸收,
天音本来无耳,何必聆听大地。
难言:它的桃花针脚,它的微积分。
针尖上一大群小人国的公民,
六十岁,比三十岁更为疯狂,
　　　　也更消磨。
有人将连续性的数字低音,
制作成乙醚,闪送给耳顺的孔夫子。
　　　　有理难言,仅仅因为

毕达哥拉斯不喜欢无理数，
他把2的平方根扔出了船外。
戴德金切割，使数学变得简洁。
但是，有谁听说过戴德金？

10

星群中，天使推了你一把。
克罗内克说：上帝创造了正整数，
　　　　其余都是人的工作。
承认连续性，就得到无限大的数字，
拒绝无限大，就得处理非连续性。
小的美好，以及无限小的困惑，
　　　　弥漫于难言的袖珍神学。
因为诗的声音逻辑，
新知觉的惊讶以及晨星之美，
这三者的连接形成自由的新定义，
以及新的分离与聚合。
神给量子男孩开了个好账户，
为此，一天生命能活一百年。
　　　　巫的时空，以光速切换。
新人，打开一看，是个做旧。

一条鲜活的鱼从冰镇鱼的身上,

蹦跳出来：它们是同一条鱼。

11

独一，并非无双。

(布朗肖说：有两个托拉,

因为必然地只有一个。)

核裂变如此渺茫：

　　　　伊壁鸠鲁的原子

持续分裂，词，拔出物的神经刀。

词非物，但众词之外空无一物。

尼采回眸，狂怒超出了末日的刻度,

必死，以不死为代价,

取得了双重否定的自否。

赘肉时代，懂轻功的量子男孩

能否凭借烟花天梯,

攀登内心的无上菩提?

斯大林乘老式马车在天空中

　　　　听尤金娜弹奏莫扎特。

曼杰斯塔姆坐在铁椅子上,

理发师问他剪什么发型,

他简单地说：

   请剪去我的耳朵。

12

在古埃及，终身为奴的劳作，
使后殖民时代的剑桥教授
变成硬脖子，他们自嘲般地
痴迷于异教女子的小蛮腰。
埃及众奴说：我们不认识摩西，

   只认识亚伦。

外星人，突然现身考古现场，
敲击大地深处挖出的

   天灵盖的声音——

此乃先知的哑，还是摩西的口吃？
（他重复说：岂有之岂无。）
摩西十诫，不得不写两遍：
（白色火焰，写在黑色火焰之上。）

   一神教的摩西，

是埃及人与犹太人的合体。
独裁的、埃及众奴的摩西，
死于犹太摩西之手。

这流传至今的罪,激起非犹太人
　　　对阉割的深深恐惧。

13

海德格尔垂青第三帝国,
固执地在胚胎学与历史老人之间
　　　钩沉古今。
但阿伦特拒绝以品达的目光
看待运动和身体的纯洁性。
　　　一段二战前的师生恋,
在冷战档案中变得如此热烈。
军人爱枪,影星爱美,牧场主爱马,
有人为快乐的M.韦斯特而失眠,
　　　"但你是我的至爱"。
克里斯蒂另有高见:最值得嫁的
　　　是考古学家,
你愈老,他愈感兴趣。
出版商莱恩先生在埃克塞特等车时,
整整一小时无书可读:
六便士的平装书,
　　　步态有如一群笨企鹅。

14

大块文章青绿如斯,
一直蝶化,穷物理而舍真身,
一直难言,没长出雄辩术的政体。
朋克,耗光了夸克的耐心。
而在门捷列夫
　　　　秃头之顶的空阔无边之上,
是蜘蛛织就的天网恢恢,
是避雷针的、吱吱响的无意识,
是帝力和条形码的精神分裂,
是火刑般的数字低音
　　　　在弹奏天启的水滴。
警车一路呼啸,狂追了500公里,
只是为给蝴蝶开一张罚单:
因为它飞出了地图。
而你,仅凭一张化学元素表,
　　　　能读懂庄子吗?

15

法,剩有古人写剩的一点宿墨。

史笔所写，未必字字飞鸟，
   它们飞起来，
仿佛被天外手所触摸。

三月三，龙抬头。

男孩走出一生的量子迷雾，

出埃及，出头文字，出 3D 打印，

入反骨而顺从了纠正。

   六祖慧能平静地说：

不是风动，不是幡动，仁者心动。

十亿冥币买不来一袋玉米棒子，

乡村的事，

    绝非词物交易。

狗头金，没追上那杯鸡尾酒。

难道一份乡政府的红头文件，

竟以《左传》古音来宣讲，

以甲骨文来刻写，刻在竹简上，

   或梨木雕版之上？

心事起了大雾，茫茫不见太史公。

16

挤进地铁，身体里多出个胎儿。

中年人，一身犯罪般的婴儿肥，

在宇宙洪荒中

    被挤成一个哑谜。

但那个观念的孤儿认错了双亲。

白矮星，并非两个星际之间

飞来飞去的一只乒乓球。

弧圈球是轻盈的，但足球的蝶变

    更为美妙，

一记落叶球，从地球踢上了月球。

玻尔与霍金，两人都迷英超。

    棋，不一定非去山顶下，

但两个纽约客真的去了。

他们登顶华山后，彼此下了

    半盘好棋。

生死和对错，彼此无心。

如是我闻：失败也开始炫技。

盲棋者，坐忘于阿法狗对面。

棋，隔世而下，落子处并无棋盘，

索性在星空中

    搭一片薄如蝉翼的穹顶。

斗转星移，大地万瓦浮动。

山中人长考半生之久，

然后,下出一步臭棋。

17

一枝相对论的铅笔在光中转动,
投下较长或较短的影子。
然而,在大我与小世界之间,
并无一道笛卡尔分割线。
  发生,纯属概率。
舞蹈的概率波:它们的终端闭合,
被吹入骨带烟霞的长笛。
神的气息,将男孩嘴边的肥皂泡
吹得如一个星体那么大。
若非神力,还有什么样的缩小之力,
  能使原子核
比尘粒般的原子小十万倍?
以此在之小,身手不可恣意腾挪,
却又不舍细小之美。
瞧,在一枚大头针尖上,
  力之核
搂着无边无际的洪荒之力,
翻滚着,沸腾着。

18

清晨,超现实的摩天高楼
如提线玩偶般在雾霾中浮起,
维修工将绷紧的管道神经
　　　　松弛下来。
男孩这一生拔掉了多少插头,
出远门时突然想起,
厨房里的瓦斯和电灯泡
　　　　一直开着。
欠费单在天空中飞驰而过。
雅阁:穷人的劳斯莱斯,
要是骑摩拜的人拿刀片刮它,
　　　　它会疼吗?
驾驶证从裤兜掉在地上,
捡起来一看:那只是个提线人。
男孩看不见自己身上的卦爻,
而先生头上多出一顶官帽。

19

清风徐来,大胆的脏话废话,

完全不同的各自的苟且，
以及配脸的、对嘴形的相见欢，
    迎头撞上黑科技。
第二自我从网聊层潜入接口层。
右耳里，左和极左，七嘴八舌。
你得造一大片违章建筑，
以便将旧我身上的三头六臂
    塞进去。
使徒保罗说：耶稣是个新我。
实在论废墟，高于拆迁工地，
美，永远是个错误。
茫茫宇宙的一叶无重力太空舱呵，
一闪念，白鹭消失，明月伤心。

20

乌鸦的嘴，比它的全身还大。
一只被哈瓦那雪茄抽过的乌鸦，
和一只抽电子烟的乌鸦，
两者的量子叠加，
    构成晚唐的玉生烟。
烟草计划：要是徐冰不署名，

神的签名也未必生效。
而一脸迷茫的诗人小新,
在特朗普的推特上留言时,
   留的是远古的蝌蚪文。
景观的双重性,有时是金属,
有时只是一纸空言。
景观,它意味着人看不见什么,
而不是看见什么。
  如是我闻:
景观之内,劳动并无手足和泪水,
而资本是无器官的身体。
活劳动,代替所有世代的亡灵
在回魂,在付账,在归零。
小我,闯入未来考古的大我,
   现在,身在过去。

21

因重力作用而绕定点旋升的
数学水妖,以女基督形象
   浮出海面。
从椭圆函数到复变函数,

从太阳系的同宿点到俄罗斯风洞,
   天体已脱胎换骨。
在北京,在金鱼胡同,一个老戏骨,
把青蛇白蛇往脖子上一缠,
   对众人说,
瞧,这是最直观的量子纠缠。
秋风吹起橡木贴面的山山水水,
吧嗒吧嗒的时光滴漏呵,
   落地生了根。
余生第一日,本该是物种狂欢,
却以渔王的形象进入甲烷。
量子人在一颗坏牙齿上种下视力,
以此近观癌的内部,
且将癌细胞的神学扩散
   收了回去。
而你,孤身潜行到深海底。

22

上市公司的壳体留有陶的手艺。
只是,别碰那只发条橘子,
   它无止境地响着,

仿佛整个天空是一只闹钟。
银匠与钟表匠,谁技高一筹,
这不是词的问题,
    而是心灵问题。
深夜里,东坡先生提着一只灯笼,
漫游于双螺旋体的遗传废墟,
于六尘中无染无杂。
    月色溶溶,
这波粒二相的广义混合,
令晨曦中的哑天使怦然心动,
    大地的程序员安顿下来。
如是我闻:本读与破读,
两字韵母有阴入对转之妙。
穿短裙的花蚊子提着云的裤子
    漫天起舞。
但这鼓满风月的透明肚子,
五官怎么长,才长得像六朝?
瞧你被革命和春梦
    睡成什么样子了。

23

纳米之轻,让真理变得可以忍受。

暮色如孕妇待在呼吸深处。
一道小提琴的内心目光，
在九重天外
　　　　　拨动中世纪的几根羊肠。
佛的掌心里，攥着一群量子天才。
这些疯子，一桌子掀翻世界，
生活的坛坛罐罐碎落一地。
　　　　圣杯也碎了吗？
拉马努金暗想：一组方程式，
代表了女神的一个闪念。
来生所是，已无隔世对坐之人，
而所非，意味着以莎学去读红学。
正果在智者身上修成一个修远，
　　　　而起因，却藏头于愚彻。

24

如是我闻：一只咖啡杯
将要坠地的一刹那失去了重力。
而你，随电子旋转的力学公式，
　　　　忧郁地转世。
好在费曼先生是个乐天派。

量子男孩：他的比特之身

同时充当粒子和波，

同时处在多个宇宙，

将万古与此刻连为一体。

秋水暗涌，东坡动身去了海南。

怪物克苏鲁把章鱼头和蝙蝠翅膀

   长在人体上。

先生说：阿伽门农的死，

是对所有希腊人诞生的加倍。

   而泰山压顶那人，

下山时踩着一小块香蕉皮，

一个趔趄，跌碎了青瓷。

《肚痛帖》，笔法已痛入剑法内脉。

如是我闻：是之茫然，在所是之先。

25

但丁与维吉尔，平分了中世纪的心灵，

再也没有第三个人

见过天堂中的贝雅特里齐。

九岁时，但丁遇见波尔蒂纳里，

但晚年时忘记了她的名字。

庄子从《内篇》走出《外篇》,
   老子关上身后的窄门。
退化,令达尔文先生感到困惑。
因为弱的存在,强引力
变成反向的、史诗般的强斥力。
时间／空间将会弯曲,光也将弯曲。
   如是我闻,
大爆炸之初,佛的咳嗽
听上去像是纯银锻造的一场雪。
佛的眼神,安详,不含讽刺,
注视着铁笼子里的老庞德,
   这位词的银匠,
在冬日的阳光中瑟瑟发抖。
出门时,记得多带一件衣裳,
给赤子身的量子男孩穿上。
"若没有管仲,"孔夫子说,
"我们穿衣服扣子都会反了。"
   如是我闻
如一,将万有分解为无。
而你闪回前生时,重启了
   今生这条命。

2018.5.15 完稿

汨罗屈子祠

魂兮墨兮　一片水在天的稻花

大地的农作物长到人身上

当星空下降时众树升起

稻浪起伏　仿佛巨兽的内脏在移行

一大片黑风衣掉下一粒白扣子

有人衣冷　有人内热　有人坐忘山鬼

而抱坐在大轮回上的芸芸众生

以万有皆空　转动惊天的大圆满

破鬼胆　如昆虫变蝶

多变了一会儿　也没变出一个突变

但足以变得一小天下

人的孤注下下去

　　　　必有神的生死

屈子投水　神在水底憋气

但天问是问童子　还是问先生？

天注一怒　降下大雨和大神咒

有什么被深深憋回了黑土地

硬憋着　也不浮出水面透气

也不和漏网的鱼换肺

也不用鱼吃掉的声音说人话

起风了　老宅子哗啦哗啦　往下掉鱼鳞

老椅子嘎吱嘎吱　坐在阴阳之界

狂风把万人灰的楚王骨头

挖出来吹　往地方戏的脸谱上吹

地方债若非哗哗流淌的真金白银

国殇又岂是迷花事君的大倥侗

2018.7.21

阿多尼斯来了

心动者,打开心静的层层卷耳,
借乌云裹身的舒伯特一听。
昔人何人,如问如忘,
以深耳掩其深惑,
水田的牛浮鼻而过。

阿多尼斯又来了。
落日之凄美,以众身皆轻之灰
弹奏圆周率。火山灰,又轻了一些。
鸟爪深及入海泥牛,
以此回看战国时的骑牛之人,
这一身轻的千金千瓦。

读罢沙之书的阿多尼斯,
看见晚餐盘子里的北冥鱼,
在信使的水脸上留有一行火焰。
小心鱼刺,别碰黄金。

且将一纸鱼书投递到太空邮筒。

是的,阿多尼斯来了。
词的界面上,悬琴快闪之身
已无江湖拔剑的古礼。
仅凭一米一的邮政绿等高线,
不足以对阿拉伯王子摆谱。
为沙漠王国造一支幽灵船队吧。

读《古兰经》的人与读《金刚经》的人
擦肩而过。小绿人与佛系人,
隔着提线人的山水,对望对坐。
宋人黄山谷整日坐着,
竟被五十株水仙惹恼了。
水泥从老榆树的手指缝哗哗流出。

阿翁去了798闲逛。
中文教科书里的虚词暗物,
尚未准备好肉身变形记。
怎么办,怎么办,怎么办呢?
列宁和卡夫卡,
像两只机器甲虫脸对脸。

而无脸的资本无处不在。
非人的拟人化，借身而言。
明月的声音，深深听入大地的深问，
听出双身剑客的独孤落荒。

量子男孩止步于飞鸟。
所有的旧人旧物，
已被工具理性翻修过。
光的泪水坐在黑暗剑士身上，
带虫眼的古语，充气般瘪了。

而巴黎左岸的托派分子，
被外省法语的神经兮兮迷住了。
蜜蜂嗡嗡的观念群，
如穷亲戚绕身，挥之不去。

诗歌透过税的凝视成为世界公民。
名词写下的，动词尚未动笔。
这豹纹斑斓的花体字签名，
这古老韵律的条形码，竟在光天化日下
为美而甩动，而自我鞭答。

禁止写入的，可以闯入。
肉身进不去的，
花园已先在里面。

爱与死，人神共有的复活。
炸弹与花的唇语，各自难言，
各自因转世而重获今生。
心为之一动者，先于读众登山，
久久待在诗意的栖身处，
搭建未来考古的感官。

月深沉，往手机里充多少电
也听不见千里外的独行者。
放多少只萤火虫在灯芯里，
菩萨心，也亮不起来。

透过阿多尼斯的隐身和显身，
你能看到你自己的双倍
　　或半个。
桂花的学问渐渐缠身，
余香的鼻子最终将闪现出来。

无人的处女座一片净土。

变容之年的叙利亚男孩,
听着星空中的舒伯特发呆。
七十年前,他从厨房偷了一堆生姜,
把刚冒出的、奇痒扎心的胡子,
涂抹成波光粼粼的金黄色。
哦这黄金下巴会不会掉下。

急事慢做。
人,并非有椅子就可以坐下。
请对远人和身边人,说一寸灰的语言。
请把最后一缕月光
垂直放在全身的战栗之上。

2018 中秋次日

埃及行星

1

混乱中出现了法则与秩序
各种死法中出现了木乃伊
生死对折,出现了对称的历史
光的同位素在移动
铁律内部,狂喜或忧郁
两者皆以净水为准绳
一种被金字塔所固定的东西
将统治看作自我纠正
错与对,在最高处变得无足轻重
神恩也变轻了,变得难以言说
字面义消散后,露出底部象征
提醒统治者,雅词之轻有愧于重负
法老只在元事物的基石上
减轻灵魂,考虑轻的精确性
轻,要轻到何种程度,方可堆砌石头?

金矿若非泪水的涌现,则不可提取

2

巨石是搬不动的,但在它旁边
更大的巨石为冥想所挪移
230万块天文学的石头
越堆越高地堆积在一起
相互压迫,相互取消,相互呼吸
石头里的人,对周围世界视而不见
不在他所在的位置
也不是他所是的声音
肉身加重了花瓣之轻,观念的成分
混迹而入,且以狮子之身
隐伏于人类的暗脸深处
人,索取开花的片刻迷醉
以此领略生之茫然
深埋的时间无始无终
然而,幽灵的形象出现了

3

橄榄一绿,天下回春

法老身边的宠妾冷艳至今

但沙漠依旧是炎热的

神界的黄昏，比人间还要干渴

难道要为每一滴女人泪

遮挡一片银饰的阔叶

或建造一座贮水池吗？

星空深跪，在壁画里从未起身

树荫下，僧侣空读了万卷书

空身的负心人啊，其中一个众身

是集权，是孤身一人的全人类

眼中之泪的尼罗河，其滚滚原力

何以入骨，何以入词，何以支配？

4

尘埃，先于神迹落定于摩西的足迹

先于怀古之思的回身一望

先于芸芸众生的尘归土

落定于早已规定好的神学假定

出埃及的漫漫长路上，以色列人

错过了基督的第二次降临

除非回到更为久远的蒙昧时代

圣言已被说尽,却终究不可说
圣言第一义,近乎无善无恶
劳动,迁移,立法,沉思
如果一切皆由天定,那么幸福
会是什么形态,会是谁在推动?

5

纯真的人,略知罪的歧义
皆因立法在后,立言立心在先
罪之深究,加深了黑暗的洞察力
王法,如光的阶梯,随奴隶升起
千人斩,留罪人头于圣人之上
一只无头狮子把脸长进石头
心和眼,长在仁慈的爪子上
法,替天下人赎罪,赎的是此罪何人
而非最终告解的空名虚身
众奴抬起头来,因高傲而不远望
一根原木,在焚烧中成为火鸟
树根,终得以在火舌之巅
细细品尝炭的艰涩
炭,慢慢燃尽,慢慢风化
里面有多少词眼和风暴眼

6

冬日阳光下的亚历山大城
刚出土的托勒密王朝地层
保持着欲飞未飞的睡姿
地中海，借纸莎草的轻盈之力
缓缓升上安东尼舰队的天空
因狂纵而变得隐忍的
英武之年的古罗马气息啊
任海风一吹，吹乱乌云般的胡须
乌云的内脏被吹得翻倒出来
一脸大海，天雷滚滚
创世之初，太阳神对着万物皆空发怒
一个喷嚏把世界打了出来
然后，命令自己的眼睛去寻找新月
又命女祭司安海写下亡灵书
长腿蚊的笔触凌波而去
宇宙浩渺，天使逡巡

7

逆光中，这片残损的古罗马浴池

幻肢和透雕飘浮于微尘之上
耳语般的女人，几乎触手可及
这些青石空悬的考掘学女人
从前花容玉貌，出水入眠
无一不被花的器官催开过
花的逻各斯与石头相似
一回魂，乳房已成风的美酒
空杯所斟，无非想象力的欠缺
讲究还在，辞藻与矫饰也还在
但不足以描述埃及艳后的面容
她在春天暮晚的花园里
一副开花但不开心的样子
花，偷心一开，开破了天穹
一直开到毒蛇的火焰窜出武器
花的纯肉体，反而是精神性的

8

以未来考古的眼光看去，庞贝塔
耸立于时间之外，人神相遇之外
如果昨日之日高不可问
活着，岂非死不掉的必死

继续活着的,可问但不可深问
雄辩滔滔的亚历山大图书馆
至今燃烧着一场虚妄的大火
凯撒大帝究竟害怕什么呢?
谁统治这座城市,都是同一片废墟
庞贝塔顶,那道身首异处的目光
绝非后世游人所能捕捉
也非惊魂一瞥所能收回

9

以分娩之力,人,拗不过一头神牛
麦浪翻滚之上,时间种子的驾驭者
挟狂暴的生殖力顺流而下
大地的奶,对天一泼而成银河
子宫里的尼罗河流得泪流满面
婴儿哭奶的样子如此决绝
蜻蜓幼虫抖掉一身蛹皮
在阳光下,如碎玻璃闪耀
女人在田野里生下敌人的儿子
余生,不过是切开的鱼腹
被两手空空的生活所掏出

滴里哒啦的肝肺在烈日暴晒下
恍若千奇百幻的金属和怪石
魅影斑驳，蚊蝇嗡嗡
人，居然移身住了进去
摘一片棕榈叶遮眼，假装睡着了
死后醒来，听见星星落地

10

1046年，一位波斯云游僧
看见年轻的哈里发在皇宫漫步
他对骆驼的看法近乎洁癖
七艘游艇停泊在尼罗河岸
1058年，先知斗篷从巴格达
移送到法蒂玛王朝的开罗
时间为幻觉所支配，过去与未来
并非单线连接，消失的，不断重现
而后世的重现，又隐含于早先的消失
举目远眺，出埃及之路上，已无摩西
1204年，从开罗到太巴列
沿从前摩西走过的路，众手托起的
是另一个摩西：犹太哲人伊本·麦蒙

11

圆屋顶上,十字取代新月
来自穆拉维德王朝的武装僧侣
眼睛以下的面容,为黑布所掩
水仙般的闪族女子穿上尘袜
又能在十字军的靴子里走出多远?
这不是战争问题,而是神学问题
所有理解,本身已包含了极度费解
正如十字军的漫漫征途,包含了
中途驻足,回望渐渐消失的故土
腓特烈大帝穿越小亚细亚时
溺水身亡,而狮心王理查与萨拉丁
却在兵刃相见时互赠礼物
横笛一吹,其余皆是茫茫叹息

12

1183年,萨拉丁将阿勒颇城墙的石头
从叙利亚的眼睛移入埃及鹰眼
他要为这些飞起来的石头造天

造一片比天更大的、更疯狂的天外天
他要把天与天的两片嘴唇合起来
以使天启开口。但天上的石头想落地
为此，萨拉丁转动大地的钥匙
虚构了一道荒凉的东方目光
以及一座上帝视角的城堡
仅仅为了在城墙上，看一眼日落
他知道，唯有取自小金字塔的石块
能同时提供兵器与莲花两种镜像
既有事物的概括性
又与众鸟飞尽的那份萧散
一起升空，一起变得如烟如缕
只是，长久凝视夜色中的开罗城墙
长久地徘徊，沉吟，耗尽了多少
中世纪骑士的忧愁与勾魂

13

在单色调的土地上，龙舌香
眼眸深黑，不沾一点皓矾
点染的薰衣草舒缓四肢
而狄奥尼索斯的郁金香已成妄念

拉齐斯，一个中世纪的临床医生
将外科串线法用于肝脏切除术
迫使天花和麻疹服罪天下
吹玻璃的孟菲斯匠人，把蜻蜓眼睛
吹入一颗灯笼般的博物馆脑袋
绝对性如蚜虫吃树叶，得偶然之妙
不用心处，反得以突破天机
图坦卡蒙戴上时间的金面具
游客们知道他死后是谁，却不知道
他活着的时候不是谁。移步换景
在纯金的、天堂般的果园里
每种水果，都有两样

14

阿拉伯人将东方形象铸入货币
以第纳尔为金币的单位
以第尔汗为银币的单位
金钱的天性，碰了一下"哦不"
一座花园竟如魔法般打开
心，沉入物哀，沉入心物离析
触碰到大片大片的蝴蝶翅膀

最初的纯洁，经众匠人之手
从金银细活提取出活色生香
又从宇宙之大，提取出少和极少
但仅凭一只瓦罐，能将万般皆空
幻化为水滴般大小的世界吗？
风格的盈余，自物的盈余溢出
物，朝表达的悲剧性崇高涌起
农作物和建筑物，朝金字塔涌起

15

金字塔与酒店，中间隔着安全门
训练有素的狗，在幻象身上嗅炸弹
仿真的玩具枪吓坏了埃及脊龙
吸烟者，将一缕花魂吸入肺叶
花粉和汽车尾气呈放射状传布
古人今人，一经接触就互换时空
但掏出护照后，三米外的梦中人
能走出本地事物的抽象吗？
游船上，厨子以水底火焰烤鱼
吃鱼之前，警察会一直吃冰淇淋
教授会一直谈论餐刀好不好使

外交官会一直担心被鱼刺卡住
而这些,都不关鱼的事
鱼书和月亮已隐入账单,月晕
如刚刚搅拌过的鹰嘴豆一样含混
尖叫的葡萄酒已安静下来

16

一丝快哉风,吹去香料的鼻子
侍者以装饰性语气对白种男人说
善用薄荷,会使洋葱味和动物异味
在女士面前消失得更快、更文雅一些
空,无所不在,且以母语和本地语
反复提示:此人,不在服务区
狮身人面之谜,转而朝向别的星球
你以为空客380能飞出天外吗?
天上的椅子,落地时空出一个虚位
此我与非我之间,隔着神的沉默
云的衣裳里穿着另一个人
头颅,将整个沉浸到冒泡的柠檬水之下
空白,更稀薄了,更迫切了
请对眼前人,投以温存一瞥

17

人,退得足够远,才能依稀看见
金字塔一直在近处。现代心灵
该如何回答这大梦沉沉的天问?
古人眼里,如雪花般飘着,飘着
然后落地,落脚,落在灰尘上
这种轻柔性质,在今人眼里,没了
这无所托付的空茫茫一片大地
这天人对看,这一寸灰的远见
也没了。金字塔,多少有些落寞
游客们望上一眼也就走了,目光回落到
散落在世界各地的拖鞋之上
在苍蝇落脚处挪移,变脏,变甜
变得油腻和喜感,且浑然不觉
不配数学的简洁之美,不配鹰的睥睨

18

在内心深处,古埃及人垒砌水滴
有如垒砌敬水为神的纪念碑

金字塔建成了，该如何对待脚手架？

为此，神容许月亮留在左眼

容许一粒陨石留在左肺叶

井，挖空了头脑，挖穿了地球

一直挖到干旱尽头，挖出水的眼睛

但挖井并非天不下雨的理由

众法老对死后身体的看法

也就是对水的看法，对时间的看法

水，它的鬼斧神工，一经制作

绝无生命去留的一丝痕迹

永生，从人的身体取出水的身体

停止变化，停止追忆，停止远眺

火焰成了瞎子，但一直还在暗暗垂泪

19

我承认，我被眼前这堆认死理的巨石

镇住了，这么一尊庞然大物

何以讲理，何以问道，何以放下？

爱，也认死理，但没有这些石头

人的一生中涌现了多少哀愁呵

蝴蝶一飞，又涌起多少粉碎与轻生

这么一个死理,重重压在干花瓣上
还一直在开,还留有偷生的缝隙
还能聚众生之力,取得一副活灵魂
活的石头,死了,但从未真正死过
这么一个死理,这么一堆认死理的石头
其愚蠢如此神圣,既轻看了早先世界
又全然漠视现代人生,心,不为所动

20

出埃及的路上,一道死后目光
落在一大群未归远人的身上
众法老,唤醒同一只黄金大鸟
过往年代有如一个飞翔的黑洞
将木乃伊身上的众声喧哗
深深吸入,用以供养鹰的沉默
暮晚时分,大地像一朵莲花
高耸的圆屋顶很快会沉入暗夜
远处的棕榈树也将被石棺文覆盖
更远处的大海,将漫过鹰翅和万卷书
与金字塔顶的幽深目光齐平
这不是人类固有的目光

这是从另一个行星投来的目光

没有这道目光，星空也就没了泪水

光，直立在泪水的脊椎骨上

光的速度慢下来，以待黑暗跟上

2019.2.28

蔡 伦 井

1

这些一念闪过的天文与水文,
这一低头,这掬水在手的空气脸,
从指缝往下漏,又从汉代画像砖,
从沉入井底的意念,浮了上来。
如果蔡伦不造纸,世界就只是
一堆砖头,铜和废铁的句读。
或许骏马春风会让咏而归的远人
柔软下来,或许土地连年耕种,
也该歇息了。就让桂阳郡的谷子,
把土里面的东西翻出来晾晒,
在农民的烈日下,词,流了一吨汗。
而我已是喝过蔡伦井水的人了。

2

我,一会是藻井人,一会又是纸神。

肉眼所见，皆悬腕悬笔的古人，
若书桌上无纸，何以落墨？
若纸上没有镇纸的昆仑石，
蔡太仆的手迹，也是吹糠见米。
一个宦官，一个形而上的男人，
把自己身上省略掉的部分，
看作人类心灵的终极欠缺。
但欠缺本身也是一种涌现：
蔡伦在皇帝的两个女人之间
传递繁星的谦逊消息，
夹带着赋的对句，数学的迷思。

3

从井底幽幽浮起的流量脸，
还不是数码成像，还不可刷脸。
蔡伦先生的石像，暗脸已成月蚀，
其余的轻盈部分一碰光就飞起，
转圜无我，几乎是一门心学。
而一个如琢如磨的单衣老者，
也不试酒，也不习经，也不种鹤，
不纠正大的对错，而将一闪念

放在土星下细察,使之物化。
纸为何物?这不经意的一闪念呵,
这方法论的提取与固型,
包含了几个帝国都拔不出的剑气。

4

武士论剑出招时,山茶花落下了。
晋人王羲之枯坐在莲花上,
《丧乱帖》,《十七帖》,《快雪时晴帖》,
快落笔时没了东汉人造的纸。
一头鹅又能值几枚铜钱。
洛阳纸贵,先生对练字的童子说,
将字与纸分开:买字,不买纸。
人在桂阳,得学会造纸和听琴。
造纸,终究是造意。十万次捣杵,
足以将树皮,渔网,麻头及敝布,
与不可解释的意义搅拌在一起。
再添加些赘生物:人,敬纸为神。

5

词的呼吸深及地质构造。有人

在海上捕大鲸,在河边钓小鱼。
更多的鱼,戴面具待在鱼缸里,
引火焚书时,字的火焰比身体
更狂烈,更像通体透亮的水灯笼。
蔡伦井纯属一个内地意象,
域外来的人,随身带多少鱼饵,
也钓不起鱼来。纸上的活鱼,
是从大地深处冒出来的,紧咬住
火焰的钩。古戏台下人头攒动。
渔歌唱罢,渔网自天的穹顶撒落,
撒网的动作,暗含着弹古筝的手形。

6

琵琶,反过来弹是个哑天使。
蔡伦的意义在于从月球回看地球,
而不必登上月球:人,取水在天。
海大,但没什么水是眼前这深井
盛不下的,海,就在唇边。
一团晨雾裹身,突然就散了,
眼中之人被水墨所泅出。
很快这葱茏的大块文章也将平铺开来,

湖南一带，处处青山绿水，
刀法和圆周率如木刻一样流动。
灵在者，茫然不问，欠身何人。
蔡伦无后，广场大妈翩然起舞。

2019.8.6

博尔赫斯的老虎

1

博尔赫斯的老虎在打盹
一个唱诗班的孩子踮起足尖
噘着嘴,想要亲吻它的奇幻胡须
想把童子尿撒进它的无意识深处
那么,就让这只文质彬彬的老虎
和中世纪的羔羊们待在一起吧
就让一场旧约的、引颈之头的雪
因待宰而落在修辞学的虎爪上
天听在上,圣餐般的幼羊耷拉着头
如奶酪融化在焐热的手心里
这白茫茫一片的欲听无词啊
除非老虎把两行脚印留在天边外
不然雪地里的一个游吟诗人
一边走,一边用脚后跟轻轻擦去的
就不是我,也不是博尔赫斯

2

地窖里,年深日久的葡萄酒
听见老虎身上的罗马圆柱
被一只酒塞子拔了出来
不是用起子拔,而是用逻各斯在拔
大地的酿造随虎啸而幻化
两个酒鬼中,究竟谁在收藏月色
谁因酒色的老年份而顿生哀愁?
当老式烟斗的双螺旋轨迹
从烟草味的乡土缓缓升空时
更远处,一群战废的青铜骑士
已隐身于幻象的纸脸

3

博尔赫斯的老虎是个饱学之士
讲课时,口吐莲花与黄金
但说的尽是滔滔废话
还夹杂着廉价的、坏笑的政治笑话
和措辞昂贵的、拉丁语的浑笑话

这一切,对年轻人是免费的
当马拉多纳伸出上帝之手
打败英国人时,整个阿根廷在尖叫
只有博尔赫斯悻悻然说
请安静,我还没打败斯宾诺莎呢

4

一本《圣经》,即使不是钦定版
即使在布宜诺斯艾利斯的妓院被诵读
也依然是圣处女的、水疗的语言
课堂并非孩子们的极乐世界
椅子倒过来,坐在老年人头上
博尔赫斯私下用业余侦探的语气
谈论一只专业老虎。比如
在量子与等离子之间,博尔赫斯
认出了威廉·布莱克的老虎
如果不是认错人,他就认不出自己

5

记住这个形象:一只真老虎

从美洲丛林腾空飞起
浑身插满考据学的电线
你得容忍追踪信号渐远渐弱
牵扯出天狼星的细密神经
你得容忍虎纹斑斑的帝国法律
以盲文写在羊皮纸上
你得容忍导弹长出鲨鱼的牙齿

6

中了一枪的老虎奔跑起来
比饥饿时更快,也更多血腥味
虎啸:它没有森林的尾巴
一具骨架透明的巨型捕鼠器
被极权矗立在大地上,如一座纪念碑
众鼠逃生,老虎却被牢牢夹住
请把虎头垂放在刽子手的手上
看天卦如何变化,看土著人的眼珠
如何嵌入一个失去魔法的世界

7

老虎的呼吸,在典籍里埋得太深

在墨水和铅字里憋得太久
慢慢变硬,慢慢变得抹黑
看不见大数据的蝼蚁和负鼠
老虎付出肉身,获得了空无所有
词不够用,纸币不够用
老虎身上的金矿就被挖出来用
更多的人需要一只纯金的老虎
以便成为上帝身上的虱子
一个痒女人的世界会一直痒下去
博尔赫斯先生在天堂瘙痒
有的是时间笑点和疑点
逐一写在小卡片上,写成箴言
而老虎本人,因得到上帝的手稿
成了一个盲人抄写员

2019.10.27 飞机上

种子影院

1

在春天,种子吐出人群和鸟群。
种子破土时,已是人鸟一体,
嘴里的天空含着鸟叫声。
土地自众鸟飞尽的休眠状态
缓缓降下,种子,潜龙在天。
绿火车停靠在天边外。
孩子们溜冰去阳光中兜圈,
意外发现种子不是梦,而是
一座影院。地里的人直接走进电影,
手里的锄头越挖越轻,农事
也轻了些,借天上大风一吹,
书卷被吹得浮生茫茫。
嗓子涂抹了一层重金属,
诗歌,在旷野上持续吟诵,
但寂静已渗入脊髓。

春天的发型如蒲公英般蓬松,
春天的厨娘,衣摆一派翠绿。

2

种子最先冒出的内视之脸,
是风尘仆仆的山河故人。
大村庄,小县城,随三千里镜头
下沉到根底世界时,土里的眼睛
会睁开,会顺从光的引导升上夜空。
永恒的月亮,会以无用的眼光看待有产,
会为巴黎人提供某种东方式的
心物之选,以及一份无限的清单。
而在山西,煤老板戴卡地亚金表,
未必比一个手机浪子更懂时间。
即使宕机了,天也还是蔚蓝的。
春天影迷穿不穿鞋子都足不出户,
影院里,坐着一堆天外客。

3

小如米粒的种子汇入大萧散,

大到能兜住天网。人流汇入物流,
但是,指望一个提着卦象闲逛的人,
能把旧毛衣穿出时代感,未免
有些薄幸。同款卡其裤没人会
一单下二十条,除非一套天价西装
被穿得如地摊西服般皱巴巴的,
穿出了生活本身的质地。
快递小哥看过所有的贾樟柯,
但在影院看的少,手机上看的多。
盗版碟递到意象里,签收人却身在象外。
心像一碎,物的同一性也碎了。
再多的镜子,也照不见一个无人。

4

假如一个演员在电影里
认出观众席的一个熟人,假如他
走出电影,在那人身边坐下。
假如那人十年前是他本人,
但又认错了脸:真相,长着长着
会长错。柴米油盐堆积在脸上,
既非翠鸟本相,也非鹰的样子。

不如回到电影里,扑面而来的
是一大片青草刚刚割过的味道。
大男孩,使劲刮还没长出来的胡子。
种子捧起杏花脸,她太灿烂了,
必要时,得添加一点黑势力。

5

金钱本色消磨了电影本色。
掏三千万堆垒起一个惊天人设,
电影停机后,人去楼空,只剩天设。
天使的工作浑身都是尘土,
笼盖于逡巡与纠正的头上。
衣兜里斗换星移,
网民在魂游,网红在抖表情包,
苹果和华为隐身于浩渺。
电影在神身上会是一个孩子吗?

6

汾阳往事中最先走向世界的,
是小武。最先抽心一别的,

是取下眼镜的雾中人。

近视的故乡，得走到千里外回看。

对于费里尼的大路与自行车，

一些风月如寄的事换了心境。

而一个三峡好人的凌波微步，

纵然拂去红尘与太息，

也不可能走得比本地人远。

涓滴种子，无词无煤。

昨夜的雨，要是能缩小成一粒种子，

就能把汾阳的雨下在威尼斯。

7

在春天，种子吐出苍翠的古人。

种子不认得自己，在地里挖星星。

要是头脑里也挖了个天坑，

上帝会以大地的粮食去填充么？

婴儿与上帝，在电影里脸换脸。

婴儿对自己扮演的上帝说：

现在只有我们两个了。

但种子作为第三个人出现了。

种子脸上，死神与牧神一模一样。

要是种子能长成半人半神,
会不会每日骑车去上班,
把童年骑得飞起来?要是灵魂
能抵达低语和微风。
风之语,既非回答,也概不提问。

8

二手农事,以任逍遥的气度,
把一枚绣花针挥舞得大刀阔斧。
天选者,听命于纯粮的提取,
耗尽了多少英雄本色。
给种子扣上风的扣子吧。
小镇青年的世界性苦闷,
让风投资本深感困惑。
托梦之身,证件照被拍作艺术照,
丰收盛世,粮仓被盖成了博物馆。

9

看电影的人围坐成一个形而上。
在黑暗中,能坐在一起就够了。

黄河之水随大块文章奔涌而来，
网速一快，网民迭起，
恍惚汇入一大片逐浪之身，
在读秒刹那，变身为慢动作舞者。
所有不是种子的东西，
都入了土，蝴蝶也发了芽。
蜉蝣与大数据，仅一部电影之隔。
三十张席梦思在深眠中嘴对嘴，
三十个空胃从头顶飞掠而去。

10

这一方水土，真是寸土寸金啊，
不负生死对折的天注定。
这片稻浪翻滚的大好山河，
搬进教科书里，岂非寸言寸心。
浪迹纽约的山西人，说外交辞令
说得腻味了，默许自己的下一代
以鸟语去对付中学的英文课。
土话土说，嘴里尽是煤层和爻辞，
那也没什么欲言又止的。

11

把一些砖头的东西搬到高级形式里，
去堆砌，去移行，去重新塑造。
把广场的晚雪，下在清晨的片场。
雪茄的微暗之火已燃到手指上，
灰烬抖落自己的飞升后，
依然在高处和妙处，依然叼在鹰嘴上。
电影将一直拍到海水变蓝：人啊，
能绕到取景器后面察看暗世界吗？
能以流水账，翻动肺叶和史诗吗？
能掏心掏肺，掏出时间的种子吗？

12

掰开种子里的微观宇宙，
琢之磨之，不留字词与足迹。
造字取典，挖井思渴，
且容许一大群异乡来客，
以轻漾的柳枝，撩拨一尊石佛。
众生相，与种子内脸一一暗合。

但念不可妄动，眼中之人不可深问。

孤身走出这茫茫色空与站台吧。

13

种子播撒在水泥地上，

长出一大片烟囱和抽水马桶。

种子撒落在白纸黑字上，

一头歪倒在偏头痛的怀里。

电影泪，哭不完得还给真生活。

影院大厅一片静默，空椅子

为提前离座的人一直保留到暮年。

一直坚持上帝视角的，是航拍的眼睛。

天理，有时众目睽睽，有时是个瞎子。

14

种子是上帝的总量，

被单一的总体性称量过。

种子，一粒一粒数过，不多也不少。

天启把头颅低垂下来，

考据与整理，各自归零。

在众人皆错的终极问题上,
对,是异常孤独的。
月光下,平遥一地碎银子。
贾导整日在贾家庄坐着,
一刀减掉过剩的天才。

(写给贾樟柯)

2020.2.29

清明低语

取款时,银行消失了一小会儿
医院盖在快钱的停云邀月之上

只需轻触一下确认键
大地的呼吸机就能升上云端

删除键,轻轻按下这低语
这发帖和删帖共享的抽身不在

凑份子凑出的史料与坍塌
能随意派生出众生相的大概括吗?

手的语感,手的低低耳语
携百毒隐入手机卡的欠费深处

静音,没了塑造,也就没了骨感
羞耻心以移山之力睡卧于莽莽群山

大片大片的白肺界面啊
如八爪鱼，伸展它的视觉假肢

被垂死所默许的肢体隔离
借蝙蝠而飞，倒挂在时间的哭墙上

抖音在借问：委托人是谁？
物则问物，心则问心，心物两非

宅居之人，从旧日子的废词堆中
翻找着毫无痛感的痛彻

一如美丽动容的黑老大女儿
迷上了黑帮片，呆望着空镜头的花园

她对追剧追责的由头一无所知
却从断魂身上，听出了低语和万念

心，琢着磨着：总得有人接续这断念
雅话脏话，说出来尽是网语

多少人为接续这低语而扪心叩问
病毒入肺，火神出水

几个生物狂人在地球上打喷嚏
火星人，你也得戴上这铺天盖地的口罩

捂得紧紧的汉字捂出了火星文
松开后，无非一声欸乃

口罩的问题是：它遮蔽的面孔
比遮不住的天空还要广阔

千手观音与天下人相握后
要用多少块香皂才能洗一次手？

抗体内部没有彼岸与佛眼
烤熟的武昌鱼，竟无一丝烟火味

2020.4.4

老 青 岛

二十年前的天机神遁
哪是量子男孩掐指可算的
幽灵的眼,输入计算机也是闭上的
有手,也摸不着一灵万身的鸟群
手的茫然心事,将身外世界
变得沾染,像是灵中所见

鹤止步,这追风人的落叶纷纷啊
二十年的省略,所能企及的是谁呢?
莫奈花园:谁是你的良友和远人?
谁会在万古的天边外等着
只为看一眼一百年后的眼前人
与老青岛,是不是处在同一个此刻?

纸上的此刻,要是叠起来捱起来
会比肉身更多虚掩,也更快地变老
会交代一些从未发生的悬搁

重新改写信件,时隔多少年了啊
神不在乎量子男孩进门时是谁
只在乎他出门的时候不是谁

敲门声如盐如铁,门后面的声音
拖长了影子说:抱歉,查无此人
退信人的原址几经拆迁,落座处
原貌已非原神,一脸大海
从鱼腹深处、从空镜子往外涌出
海鸥是轻盈的,但波浪变成铁打的

2020.8.11

之间咖啡

1

这么一杯本质上是云的咖啡
往阳光的本质喝,能喝出夜之幽深
往通灵处喝,能喝得万物有灵

云咖啡,对于马雅可夫斯基
一直是穿裤子的云
对李白则是敬亭山的飞鸟

所有能飞起的事物都在这杯咖啡里
飞不起来的,也在天空中坐着

2

怎样才能端着同一杯咖啡
从世界的起源与终结

同时喝,一直喝到两端之间

怎样才能把这杯之间咖啡
喝到原神里去,喝到明月中去
怎么喝,才能在有无之间
喝出一派青山绿水

去留之间的一杯咖啡
真的能喝出秋风之远,修远之远吗?

真的能把远人的深井水
以及三生三世的几滴露水
喝到埃塞俄比亚的沙漠深处去?

3

肉的咖啡,本质上是词做的
你要么用传说中的圣杯喝它
要么不用任何杯子,用想象力喝它

天堂也不比这杯咖啡更肯定

如何把它递到众天使手上
这是一个关于飞翔的问题
与其问天，不如问心

4

如何让一杯心动的咖啡安静下来
以便为早先的、或未来的心动
留出神一般的不为所动

然后，用看不见的手
递给你一杯
无穷无尽的之间咖啡

在看不见的城市与大上海之间
在千里外的人与眼前人之间
在你自己的半个我与众我之间

2020.9.14

帽子花园

帽子是一种精神上的普世处境
因简朴而变得渺茫,留下某种
戴在头上就能长出青草的内心独白
以便给人慰藉:趁考古学还年轻
人人都可以搭乘一列幽灵火车
提前进入待考据的多重未来
以便成为过去,且将其中一个过去
   铸造成时间的青铜——
一顶魔法的帽子能变出更多脑袋
但一阵秋风就足以吹落它们
此时帽子在今生今世的脑袋上
轻移莲步,一只梦幻般的星际幼兽
正低下头来,深嗅人间气味
大地混合着消毒水与薰衣草的远香
圣婴的手,把帽子留在老人头上
缝制帽子的针线却悠悠地
一针一针被抽出,被隐去

是的,狂风中的头发无论有多苍茫
　　都无关青草和灰尘的本质——
人戴帽,是为了和世界接触
可是花园里的女人全戴着遮阳帽
阳光又用来做什么呢:男人感到困惑

2020.10.7

苏武牧羊

1

一只从未投生的小羊羔,
在风吹草低的荒原上吃草,
神授之,人惑之,这幻化之美,
将牧羊人苏武看作一个执迷。
要进入那具小羊的肉身,
苏武得出皇宫而入蛮荒之地,
以便进入灵晕,取消一道法则,
以便进入更古老的洞穴意识,
连人带羊,全知全隐。

2

在苍天的垂怜下,羊,安详地吃草。
青青牧草的根茎之下,是古海,是落日,
是苏武坐忘十九年的大漠尽头,

是单于丢给他放牧的一群公羊。
单于对苏武说：把那只无身的羔羊
生下来，赐给它一个肉做的生命。
让它引领你回到你所来之处：中国。

3

但上哪儿去找无身之羊的起源呢？
把一条命，从无到有生下来，
得有母腹，得有子宫和物种之痛。
仅有词、仅有至善的力量是不够的。
以公羊之身，以举世叩拜的帝力，
怀不上、也生不出
哪怕一只小小的羔羊崽子。
在荒野之地，想象力
顶多是个助产士，不是生母。

4

羊肠子的天际线隐隐出现了
方法的迹象，以及作为方法的中国。
羊之角，分开蔽翳，不见一丝孕影。

何其柔弱的羔羊爪子伸出来,
将蒲公英般的羊绒毛轻轻拂去。
眼前这片不为狂沙所动的劲草,
以根部的手攥紧天上大风,
任飞沙走石将母乳和皮肤
层层吹去,如同被婴儿的手所轻触。
这天荒地老的心无所动啊,
时间是停止了,还是延展成无?

5

苏武坐在沙之书里,如一个废字。
十九年过去了,苏武回到洛阳,
而羊群依然在西域埋头吃草。
这群无奶可挤,无毛可剪的公羊啊,
皇恩所及,浑身仅一张老羊皮。
如何将它们驱赶到皇宫里,
眼见那些人羊一体的东西,
在苏武身上,刹那枯骨无存?

6

是否苏武身负神力,能将死后净界

转世为再度降生的泛神之身?
从未生下来的羔羊对苏武
是一座心灵监狱,里面空洞无人。
皇宫和边地,何处才是流放地呢?
普天之下的羔羊中有一只没投生,
已经生下的,全都孤身待宰。

7

今人以古人的方式,把羊的那份自在
支离出来,对苏武与班固不加区分,
把大历史过于慷慨地给了小我。
除非苏武对空名所庇护的小羊
倾注深情,除非方法累累的中国,
从西域想象被单独提取,放在青铜里。

8

苏武本人,便是这尊青铜雕像。
如果一群公羊不是单于的终极答案,
汉武帝作为一个问题,对苏武
也不会是中国。一只答非所问的羊,

活在地质学深处。要是今人以落日的眼光
反观古人,会看得更幽深,更空廓:
未来反过来,未必是古代的当代。

9

要是苏武在中卫只待三天,
而非十九年,推开沙坡头时空门,
游人所见就不会是腾格里沙漠,
而是西汉皇宫的残垣废瓦。
人可以出售自己的一百个未来,
但换不回哪怕一天的过去。
能把漫天狂沙制作成一小片潋滟的,
不只是苏武的认命,还有认命之余
那些不知是人命还是天命的羔羊。
一碟羊杂碎对沙漠是个永恒的诱惑,
牧羊人留在世界上的最后眷念,
是一大碗热气蒸腾的羊汤。

2020.10.12

海上得丘

1

时间会不会从烟囱底部开始松动
拔地而起的海岸线遗迹
以考古学眼光看,曾是阔视的大海
人间被石头垒砌到天上时
烟云供养已是盘根错节
坐一念一,精神将蒙恩于尘土

2

古人星罗棋布地坐在天上
撒下天网:鱼群,煽动着鸟群
有如北极浮冰,焚烧金属般的鳞片
高像素头发丝,使重力悬空
但古人身上的纯棉日子
被谁,过成了浮尘静电?

3

时间本身会不会已经过期?
工地上,有人打开一听鱼罐头
配黄酒猪肝(酒的时间不添加防腐剂)
工程师的手,掏出一只碳笔
在动态建筑上画了一个同心圆
众人身上,出现了共时性黑洞

4

哲学把此洞塞进柏拉图的大脑
但此洞非洞,本地皮影戏的三代传人
取出它,弄成笛孔,嵌入蛇身
吹奏前世今生的余音袅袅

5

听戏人,你一直在听的是什么?
方盒子里住着一个大上海
当你推开暗网的落地窗
能否听见花好月圆的唱腔

能否把手机蓝牙的风吹草动
吹得焚香袅袅,如心碎,如玉碎?

6

蝴蝶走丢了鞋子。地质层的鸟爪
和鸟叫声,从考据学头脑里深挖出来
系紧在蝶翅轻飞的鞋带上
千里寻夫的孟姜女途经松江府
沙石路上,沉积亿年的海生物碎壳
怀着海龙王的不忍之心倾洒而下
观世音的天空,静水深流

7

暗夜里,一道斜射过来的手电光
突然直立起来:得丘人,你会不会
沿着这无限延伸的光的解体
穿越自身的时间黑洞,步入星空?

8

天空永远使人心动,永远是

空气和水的净化

听命于心灵的久远净化

煤,听命于人之初的心动

一个男孩用重山复水的老报纸

层层包裹起这颗初心

从高耸的烟囱升了起来

9

神会不会把扫烟囱的男孩

像时间火箭一样发射出去

发射到时空大爆炸之前

以便获得光感,重新定义起源

10

扫烟囱的男孩对威廉·布莱克说

大地上,人活得真低,羊群和牛群

反而被春风吹得比鸟群还高

量子男孩则对庄子说:一念去一念来

没任何顾望是重复的、同一道理的

11

一个伦敦人和一个上海人
两个人的小时候一样小
两颗铃铛般的童心碰在一起
发出清远的、薄荷的声音
但父辈一代的听觉已烂醉如酒

12

抽烟的得丘人将肺里的矽雾
抽出来,以宁波接骨木
制作成透雕的、宇宙观的模型
又以乾坤挪移大法,将 50 米烟囱
安装在烟嘴上:对那些戒了烟的人
这意味着什么,得去问邓公

13

秦皇驰道上已无驷马战车
合纵连横,构成了大历史的十字
如今吴淞江以南三条古冈身

和石马湾一带的晚明古墓群
被水稻、口罩、大数据所环绕

14

六垒桥边,小关帝庙的赤兔马
夜里会挣脱刘漆匠的壁画
以双倍光速奔突到肉身之外
然后,睁开带晨露的马眼睛
也不知这些露珠是泪滴,还是水晶石

15

乾隆年的秘密,被明信片制造局
制作成三百年后的某一天
从火星上,逆时空投递到得丘园
少了这一天,所有时间
都不是万古:不如坐进此刻

16

一大群时装女孩的侧影和重影

在烟囱下行走,一齐走向
对折如纸的同一个陌生人
要想引领时尚,就得把观念
穿在身上,让纸慢慢长出布料
慢慢变得骨感和贴身

17

一根光秃秃的烟囱,升空再高
也无法触摸天空本身的极限
雾中之人,眼前即是天涯
一件没了扣子的衣裳随白云起雾
一些不是水的东西在天上流动

18

出现在热供站上空的白云苍狗
无论穿谁的制服,都遵循着
老上海的那份垂范:人在俯仰之上
竖立起一座口碑与史实的方尖碑
冰的手,火的手,相握顿成灰烬

19

词的顿首,付与一个梦的修理工
人类思维的某些零件坏了
得移魂到非物质的灵异声音中
去细听,去分拆,去换一个去处
新人梦,就是在该深挖煤炭的地方
不挖了,改挖神秘的比特币

20

时间银行意味着:所有存进去
是钱的东西,取出来已是山高月小
大月亮,小猫咪
嘴对嘴待在屋顶上
什么也不说,什么也没听见
一个海豚音的花腔女人
路过猫耳朵,按下了静音键

21

在热供站人工智能中心

在光影交错的深焦镜头里

一只纯属直觉的大鸟

是唯一真实的3D上帝

未来考古学,并无时间入口

天使逡巡,进化与开化

在天空深处两相闭环

形成千金散尽的一个浑圆

22

把看似遥不可及的火星风景

造得如在眼前,把光的模型

造得如此之高,如此炫目

得丘人,口吐莲花与星象之时

暗含着丝绸的钢筋铁骨

且看根深蒂固的地心引力

借吹灰之力,如何拔地而起

23

在山水之间,得丘人遇见孔丘

敬他为水,且将水的签名刻成金石

古琴一曲,弹得天下归心
不如明月洗手,不如把手机界面
那些秒逝的、流水哗哗的字节跳动
写成秋风狂草:但谁是高僧怀素
谁又是赵之谦的悠哉父亲?

          2021.3.7

圣僧八思巴

1

你三岁时犯下的一个善的错误,
十岁时,深坐于考古学的天空,
八百年后,被直觉的核弹击中。
　　　一枚核弹不可能从善的前提
与后设,退出秋水蓝天。
装饰性的废墟,在深掘之下,
错的与对的,都将变成无意识。
但这意识形态的娄子捅得也太大了。
物权与神权的一堆麻烦,
　　　将缠住你,哦尊贵的八思巴。
转世把你从死后世界夺回,
不朽是唯一多余的东西,
　　　永生者,简直生不如死。
万物因显微作用起了裂变,
任由原子论和实在论,
在牛羊身上,形成人群和风暴。

2

那是你吗：萨顿高僧的明月前身，
从时间修辞的吸星大法，
弃绝而出，将圣迹抖落在地，
回看时，人已在千年之外。
前世投向余生的恍然一瞥，
含有游牧时代的种种延宕，
心与物，死后仍待在一起，
　　　这天荒地老的人之初啊。
一个或不足一个的八思巴，
不必改变本心，已是一身万化，
一刹那，换来万古的自相抵消。
如是，你拿整个星空为忽必烈灌顶，
为 13 世纪的蒙古声音造字，
为大元帝都选址北京。
但你见过太平洋海底的一只白鲸吗?
　　　你统领过一支骑马的海军吗?

3

塔影憧憧的眼中异象，

经不起佛的一声叹息。

而我，隐身于21世纪的算法深处，

听八思巴对忽必烈讲授佛法：

开端一句，说的是世俗藏语，

中间换成了僧侣用的藏语，

结束时，混用另外两三种语言——

比如梵语，萨迦教的秘语，

比如，其他星球的手语。

   这些极寒带的古代悬言，

无声无息，却言说久远。

我不在意忽必烈能否听见，

而是对所有不加区分的心与耳，

佛本人，是否一直在深听。

望着比积雪还要沉默的祁连山，

我有点把新月的暗伤，

与白塔寺的秋风经卷弄混了。

若是你生前没读过量子论，

   容我替你手抄一遍。

4

在沙弥戒和比丘戒之间，

八思巴梦回儿时的卧象山。

象鼻天神托举起八思巴之父，

对他说：从须弥山上俯视西土，

目之所及，皆是你儿子的领地。

    一头大象，即使平躺下来，

也是一座山：生理衍化为地理。

战争，从不解释武器之轻，

仅凭帝力维持不了想象力，

    军团步伐，未必走得比丝绸远。

风过处，起了斑斑虫迹，

岁月的思绪竟如此绵绵不绝。

高原是辽阔的，天空是蔚蓝的，

反而使斗转星移变得迟慢。

    佛，提着刚挤出的马奶，

落在荒原狼的头狼身后：马头琴

一直这么忧郁，但安慰了牧羊女。

梦见沙漠的人，浑身都是金羊毛。

5

萨迦班智达和西凉王阔端，

皆以剩身入土，将西域心象

递解为本地事物的大幻化。
云泥双身从众树的荫凉
走到烈日下,合起八千经卷。
   仅凭不类物象,八思巴
立身于远见中,与佛之舍身对视。
你不必对后人说"我是八思巴",
定都北京,也是齐物等身的事。
十岁时,你出后藏而入西凉,
细察白雪皑皑的火山灰,
将肉身静伏于丝绸般的大地。
十二岁,你初到武威,已是
   或将是某个待召的赤子吗?
对极小的可能提出尽可能大的要求,
这构成了最深沉的不可能。

6

在六盘山,八思巴进谏忽必烈:
不要创新地去过已经过过的日子,
也不要在下跪之下、最高虚构之上,
   理解恶的固有。将军们
盘点战利品时,没把木星算进去。

马刀铿锵,骑者无暇与隐者

互换快意恩仇:但是,连云的幼兽,

不也听命于道德心手的调度吗?

混迹于本教戒佛令的蒙面人,

私底下将成吉思汗的戒酒令,

看作醉停飞鸟的天人之醉,

鸟影,留给日日狂饮的窝阔台汗。

　　　　六十五岁时,西凉王阔端

也醉死了自己。大札撒,

将拴马的笼头套在骆驼头上。

成吉思汗的第四条遗言秘而不传。

7

万世羔羊,待宰时,静如待产。

天空牧场,鲸鱼死而彗星出,

马蹄已尽可能高地碰到了鹰翅。

　　　　八思巴远道而来,手里的碗

捧远些是云,捧得近身是泥做的。

人羊分食的同一只碗啊,

一回神,已被佛的嘴唇触碰。

天在漏水,也不知统治者治水,

是听从雷霆,还是心的工程?
    金汁在笔的残山剩水,
在经文和格言里掺入了沙砾,
谈吐之间,咯嘣咯嘣的。
念更多的六字真言就会有
更多的现实,而我们,该如何对待
    这从古至今的黯然神伤?
我们的继承没任何遗言在先。

8

一路见树无花,口传口的历史,
将刀笔的事付与铁马木流。
一只羊,变成猛虎时起了慈悲心,
但变身为人,十万卷羊皮书
也不够它变:除非离身成佛。
肉身是第二自然,而非变化起因。
一即二的花教,一呼一吸,
对所有不成铁的花儿,
不开不谢,不予细嗅。
吐蕃僧侣,总得有个坐处,
    但并非坐下来就虹霓绕身。

鲸鱼没学会在夜空中发光,

粒子,深隐于豹纹之条理。

佛学不碰相对论,不代表佛陀

   不被爱因斯坦所梦见。

火星之所以不按照水星的轨迹

移动,是因为八思巴在静观它。

9

我更愿意听八思巴谈五明三藏,

而非忽必烈的骑术与箭法。

对万箭穿心的异教徒

动手脚,实属渎神之举。

八思巴,为蒙古帝国造字吧,

识字和写字,符合游牧天性中

   更为深远的在地形式。

无论蒙古草原有多么辽阔,

定居下来,坐论农桑,

是西域一带汉族人的选择。

大地上还有多少单季稻的念想,

   没转化成鸟群和人口增长?

这么一颗寸心悬在浩渺宇宙中,

是多么小,多么奇妙的恩典,

无常本身又是多么无止尽。

心即初月,不知何所起?

10

灵童八思巴途经21世纪时,

将13世纪的雨滴和泪滴,

存留在老人萨迦班智达眼里,

没那么黏稠,仅有稀薄的镜像。

  此刻,我在古凉州穿街走巷,

走,被反过来走:落日足以深埋。

你也在行走,但双腿已不在手上。

更远处,一匹马突然出现。

或许山地越野车能把你

驶出蒙古帝国的茫茫草原。

  但四轮驱动中的两个轮子

必须卸掉:大道青天,太高傲了,

任由忽必烈兀自独步,连必死

也配不上他的垂死和疯狂。

而在薄冰似的空气与醉氧之间,

  八思巴真的存在过吗?

11

分身十万的八思巴无非是
飞锡恒沙的众身合一。
莲花在天,不必将落座之人
看得太真切,太逼仄。
天地有大美而不受小我约束,
浮世人亦非佛骨所埋,
部分暂坐,部分如船行天上。
西域想象,于我是闭目内视,
于八思巴是枯坐太空舱,
不显山,不露水:若非旧我翻新,
岂非佛的条形码在天边外一闪。

    出够了太阳,天开始下雪。
接听手机时,我总能听到
一些融化的声音:比如风声,
比如念诵无上咒的声音,
比如右耳的经筒在左手转动。
但谁会在13世纪给我打电话呢?

    如是,在一个更为缜密的推算中,
我是被八思巴虚构出来的。

12

从兰州到武威,车过乌鞘岭。
西土不是有马就能骑到远方的。
　　　一个13世纪的西藏僧侣,
会在21世纪的人群中现身吗?
再迷人的天空牧场,怀古之人
也不会去碰一架羽毛做的竖琴,
寂静,历经多少石佛的深听,
还是未听的样子,还是重山复水。
神秘半月如一小片薄荷,
　　　含化在一块石头的嘴里。
幽灵打动人间,是因为旧我
被新我认出时新鲜生动。
每个人身上都留有待召亡灵的
寻迹法:圣者,耳垂边的灰烬,
小心翼翼地升了起来,准许众生
在八思巴以外的声音里坐下,
　　　受到死后生活的天上教育。
昨日我途经乌鞘岭,与八思巴
擦身而过,可这一切不过是闪存。

13

在博物馆，玻璃后面的八思巴，
没有金身，但有悬诗和圣地转移，
  与真实世界保持着
驾鹤而去的礼节性间距。
所有语音提示都是梦幻式的，
  提醒梦外游客：鹤止步。
在算法的界面上，考古与仿古
不停地切换真身和插孔之身。
拔掉插头：这或许是个史诗般的决定。
肯定有某种难以释梦的东西，
使蝴蝶飞起时是一只孔雀。
橱窗里已无袈裟，并不意味着
  佛，要为西服或运动服代言。
人类不知道八思巴的精神形态
是什么，而物质形态之优雅，
所维系的不过是佛骨在枯枝上
被折断了，霎时天上大风。

2021.8.12

待在古层

1

如是,远古桀纣生来就注定
坐在君王龙椅上,十个尧舜,
也不够韩非子倏忽一梦。
编程员对时序推移动了春心,
令神女生涯之深究,徒生奈何。
衬衣穿在风衣外,少了一粒扣子,
渐渐有了寒意,众辞皆神避,
物亦避之:暗忖,何以阐明?
驱魔人在水边独自祓禊。
古层坐处,诸多废除与沉疴,
反因生机勃勃的矛盾
      而划一。
小是矛盾的,因为小是大的。
况且那执拗的、问斩的话,
死者代我们说了:心,何其攸关!

不显山,不露水,不古也不今,
无意识状如荠芽,因萌腾之肉身
而抽丝,于岩石之上长出苔藓。
佛眼未必是盲人的过眼人,
令使徒的近身不可逼视。

2

上古一梦,不让土星呼魂
掺和进来:在陶罐的纹饰表层,
日晒与淬火各自引导了什么?
给古物开花上釉,花的开法,
解决不了想象力的分层问题。
真瓷与看上去像瓷的东西,
两者之间那道并非提线
　　　　　　的界限,
亦非邃古之初的越界所是。
蓬门僻巷,有几个小儿蒙童,
瞎嚷嚷要与观星象的人比眼力。
如是,帝座上坐着一个普通人,
既非圣贤亦非寡君,而书生们
坐进昆仑玉:无论哪个朝代,

鸠摩罗什都是受邀者,端坐在
莲花众口的召集和换骨之中。
刺客藏身于黑暗,呆若木鸡。
使徒啊,你也得服从这罔无,
人有九死,你获准取得一死。

3

一个突厥人遇上汉译哈姆雷特,
台词这么少,又怎么托梦莎翁,
求他在蒙古秘史的字里行间,
辨认忽必烈:羊群在撒马尔罕
低头吃草。成吉思汗从身边女人,
嗅出了荒魂天涯,对哲别狂吼:
你能把这该死的箭射得远点吗?
众窍关闭处,那混沌一团
　　　　　的原力,
若是升华而不坍塌,就得沉入
白骨累累的古层底部:镜头
移出星空,也没出现上帝视角。
西域美人的玉臂,端的有
小虫子飞来,停了一小会儿,

玉叮出了血。而不周之风
掉头吹向众山之外的昆仑山，
非得从地表吹去一层皮肤。
古地理，其心法难以解释，
瓣鳃类和腹足类的生物贝壳，
在泥塑的天空下，涂抹，沉积。

4

起风了，先父犹在阁楼上，
惊魂一问，亡儿答应了一声。
然后是一百年的耳背：所敲之门，
无声无息，开的不如关闭的多。
不是挂影的声音何以注疏，
一狠心，大悲咒也念唱做打，
处处闪烁着触目的小匠心，
且为每一处远景都配置了
取景框。老戏骨一身轻功，
看上去像是微物之末的初雪。
攻打金门的江南士兵们头一遭
　　　　　见到海，
暗想，谁在海里放了这么多盐！

因为弱的存在,强引力
成了反诘的、环绕状的强斥力。
以天人五衰,黑客竟恣意腾挪,
不计较,不消弭,这木刻的光芒。
考据气息,被小资公关的泡沫,
吹得如一个星体那么大。

5

怎么才能让史前恐龙的脊椎,
垂天横布,舒展无器官的本体?
怎么把一记虚晃的重拳,
用尽洪荒之力,砸在废墟上?
对于伤害马眼睛的人,是杖责,
还是施以鞭刑:这近乎大扎撒
将一部中世纪法典,从抒情
转向现代性的两难之举。
　　　　千万别把
点击流量夹带到古籍里充数,
别以为,手抄经书的错字,
会以印刷体方式得到纠正。
坐在废字身上,听船山先生

讲授心法,而不跳出古事,
会不会空身无人,反与太史公
借身错过?问天,不如问山鬼。

6

转述疑义丛生的世事更迭,
而不掺半句虚言,并非转述者
与听者的连带被一刀剪断,
并非向死深听:腹语绵绵不绝。
晚风吹拂着内听与远听
　　　　　　的稻浪,
你能感觉稻浪之下的地层,
有一只巨兽,因剧痛而发怒。
难忍的痛,会毁了神的孕育,
会把心智殖民看作遗腹子,
在胎儿头脑里塞满异象。
莫名怪念,以及剧毒的蘑菇,
会在删述之余,长出骨刺与虫眼,
以鬼魅天听的七弦琴,拂去众鸟,
但留下抽身贴心的飞翔。
整日待在热搜上的滚石耳朵,

忽听古音律吕,顿觉冷风飕飕。
广陵散旷世一弹,神也伤心。

7

一千年前,庶人眼里的佛之所是,
早先是六朝,如今连北宋也不是。
乡绅们带着荆国公的青苗计划,
坐进种田人的秋水蓝天,
入冬后,新月依然蹲而不起。
这是否意味着,在庄子的身上
　　　　有一个
连他自己也不是,但曾经是
别人的某人:或许圣人不过是
一只蝴蝶的变容和更多的泛身?
把书搬到一座火山上去重写,
把早已熟读和深读,但至今
未写的积欠,算在抄经人头上。
仁慈与愤怒,两种力量的反噬,
分开比合一更痛,也更加尖锐。
机器哈姆雷特,已没什么配得上
去死:今生之契阔,已非往昔。

8

一尊异域小化佛自周身迷雾
欠身坐起,坐失圣地转移之远。
蒙尘日久的凌波微步,把众山
走到水面上,走丢了天上大风。
只需穿上一件起球的旧毛衣,
天大的事也不过是羊群贴身的
羞涩之举,以时间黑洞穿过针眼。
必死走到未老前面去了,那么,
现在到底何在?纳米人以小变小,
但往大处着眼,不见沧桑众生。
肯定有某种难以解释的幻化力,
使一个今人同时也是千年前
自身的古人,看着各自的分身
　　　　　慢慢变化。
但以铜牛之身变不出金羊毛。
那些终有一宰的小羊羔排着长队,
数着母亲,投生前能空出几个肚子。

9

现世报与泛灰的行星足迹

擦身而过,头,悬垂于轮下,
又更远、更隐秘地从垂头之下,
将一颗人头扭向无头的幻兽。
十万个为什么也随之扭向
怎么办:龙抬头,人怎么办?
念兹在兹,无一念不毗连众念,
想想看这无挂碍的一意孤行,
在豹子胆里有多盈余,多浪漫!
先生的风中美髯顺着虎须
往灵修处捋,会带出些浮尘,
会蒙绕一块通灵的天青石
    长出傲骨,
会对无限多构成一的约束。
古层之外,夕阳起了红斑疹,
片刻雪花消融了几片薄唇,
爱与死,把我们如梦般抹去。

10

预言应验之后,孔子担心子贡
变得多言。谲谏之舌,吾道穷矣。
先生垂泪,西狩之行日显苍茫,

诗亡早于王者之迹熄，但晚于

《春秋》，这幽深简洁的获麟史笔。

绝笔在天，孔子仔细察看了麟，

这无人能识的仁兽：非中国之兽。

人瞳嵌入兽瞳，不过是众神在暗觑。

荷马因海兽涌动的大海而失明，

维吉尔的海，史诗般的鲨鱼编队，

    以航母

生下了二十世纪这片不育的海。

远古时地产丰饶，人不知航船。

几乎觉察不到船行丘壑的迹象，

如是，庄子背负木舟，行走于

群山万壑，最后的去处成谜。

人，处处抄近路，天堂越来越远。

2021.11.11